*(ieri)*

Marte!

Ero arrivato sei anni fa!

Prima di stabilirmi sul "pianeta rosso" (è rosso davvero!) passavo più o meno svogliatamente la mia vita in Texas.

Già sono texano (almeno così mi dicono), un texano costruito...

Finita l'università lavoravo come collaudatore presso l'Enterprise Limited di Dallas. In realtà non collaudavo un bel niente, il mio lavoro si limitava a studiare gli effetti che avrebbero potuto avere certe modifiche inventate da scienziati pazzi per peggiorare le prestazioni delle obsolete navi spaziali (le chiamavano così) che il Governo Nord Americano faceva razzolare nel sistema solare.

Nel mio lavoro ero bravino e, qualche volta, mi avevano anche ascoltato. Dopo aver evitato per un pelo il disastro della "Beniet" mi ascoltavano sempre!

La Beniet era una nave passeggeri che trasportava ricchi turisti e poveri lavoratori da un pianeta all'altro del sistema solare. Per evitare di trascorrere tutta la vita in questi viaggi interplanetari, usavamo motori atomici, ma occorrevano comunque mesi per passare da un pianeta all'altro. Mesi durante i quali occorreva sfamare, lavare ed evitare che impazzissero i vari passeggeri e uomini dell'equipaggio, quindi costi, costi e ancora costi.

Una società dell'Unione Europea aveva pensato di inserire all'interno del motore di un loro prototipo un piccolo acceleratore di particelle, ("soltanto" 200 metri), con la curiosa idea che potesse coadiuvare il normale motore atomico che forniva la spinta al prototipo.

Il loro esperimento ebbe successo e il prototipo, partito dalla Luna in direzione di Marte durante il passaggio del pianeta più vicino alla Terra, lo raggiunse in soli tre mesi ( un mese in meno rispetto alle navi più veloci).

Qualcuno, in Canada, pensò bene di inserire un simile acceleratore all'interno della Beniet!

La mia società ebbe l'incarico di valutare gli effetti di un simile intervento.

La fisica aveva fatto passi da gigante nell'ultimo millennio, in particolare la ricerca nel campo dell'infinitamente piccolo. Questo anche grazie ad un'organizzazione piuttosto inquietante e misteriosa che si chiamava semplicemente **Agenzia**!

Un acceleratore di particelle nell'anno tremila è, di fatto, un lungo tubo all'interno del quale si fanno "danzare" gli atomi. Attraverso di esso è possibile "sollecitare" gli atomi stessi: elettroni, protoni, il nucleo, ricercare ed addirittura "produrre" elettroni, positroni, protoni, antiprotoni, fasci di ioni, particelle subatomiche, tachioni etc., etc... Più si ricerca nell'infinitamente piccolo più l'acceleratore deve essere lungo e protetto per evitare infiltrazioni subatomiche dal nostro universo birichino.

Sulla Terra questo si ottiene soprattutto all'interno delle montagne. Scavando gallerie al loro interno la montagna stessa può aiutare a "proteggere" l'acceleratore da infiltrazioni esterne.

Nello spazio interplanetario non esiste protezione naturale ma, grazie alla mancanza di gravità, è possibile schermare l'acceleratore costruendovi intorno una "montagna" in piombo e titanio. Anche la lunghezza non è un problema, basta escludere che una nave dotata di un acceleratore possa atterrare su qualsiasi pianeta che abbia una gravità sensibile. Anche questo non è un grosso ostacolo poiché tutte le più grosse navi interplanetarie erano dotate di navette atte a far la spola sui pianeti e satelliti lasciando la nave madre in tranquilla orbita senza problemi.

Questo particolare acceleratore era composto da una decina di moderni ciclotroni circolari disposti regolarmente al suo interno e collegati fra di loro.

A cosa poteva servire un acceleratore per supportare un motore che, di fatto, sospingeva la sua nave mediante una continua serie di piccolissime e controllatissime esplosioni atomiche?

E quali effetti, con il tempo, avrebbe avuto sul motore e la stessa nave?

L'acceleratore cambiava la "qualità" degli atomi che fuoruscivano dalle barre di uranio per alimentare il motore e forniva una spaventosa energia cinetica. Questi atomi diventavano più sensibili e pronti ad innescare una reazione atomica. Tutto questo accelerava il moto del motore stesso, era come "innescare la quarta" quando, per anni, si era sempre marciato in terza!

Questo esempio mi ronzava in testa...

Le vecchie auto a benzina dotate di marce e tante cose curiose, non esistevano più da cinquecento anni, quando le multinazionali avevano perso l'ultima guerra combattuta sulla Terra dopo la "Grande Paura".

Però all'università avevo studiato il motore a scoppio e la storia della rivoluzione industriale e delle macchine. Cosa sarebbe accaduto se avessi una di queste vecchie auto e, dopo averla guidata per dieci anni senza mai aver superato la terza marcia, avessi innescato la quarta?

Come avrebbe reagito il motore? E, a lungo andare, che effetti avrebbe avuto questa nuova marcia sull'usura stessa del motore.

Mi ronzava nella testa... mi ronzava nella testa....

Nel frattempo, con le nuove modifiche, la Beniet partì dalla Luna in direzione di Marte e, poi, gli asteroidi, Giove e Saturno: oltre trecento passeggeri.

La Beniet non era un prototipo, per portare tanti passeggeri doveva avere cabine, dispense, locali di intrattenimento, etc.. Quindi era molto, molto grande.

Due chilometri di lunghezza ai quali ora si aggiungevano i duecento metri dell'acceleratore. Niente di particolarmente complicato nello spazio interplanetario senza gravità.

Ma non essendo un prototipo aveva una massa considerevole aumentata dalle modifiche apportate, per cui le occorreva più tempo per raggiungere la velocità prevista: normalmente cinque mesi fra l'orbita lunare e l'orbita marziana, quando Marte era più vicino.

Con le nuove modifiche si valutavano tre mesi e mezzo o poco più. La Beniet partì per Marte, era a due mesi di distanza dal pianeta rosso e qualcosa mi ronzava in testa... Vivevo in un piccolo monolocale vicino agli uffici dell'Enterprise. Piccolo... era uno sgabuzzino, ma mi bastava. Fisicamente non ero un gran che e lo sapevo, ma non mi importava più di tanto! Alto un metro e ottanta (in realtà un metro 79 e mezzo, non sono mai riuscito a recuperare quel maledetto mezzo centimetro!), con una leggera pancetta, occhi che tendevano al giallo, capelli castani (quelli che restavano, tendevo a perderli!).

Mi piacevano le donne, grazie a Dio, e bevevo un po troppo! Ero nato in provetta, un esperimento probabilmente andato a male poiché ero stato abbandonato dall'organizzazione che mi aveva creato praticamente alla nascita. Quindi niente parenti a rompermi l'anima e niente obblighi, ma il mio stato mi aveva fornito un carattere particolarmente acido. Quel fine settimana ero solo, Sandra era andata dai suoi parenti a Denver, il tempo faceva particolarmente schifo ed io avevo passato il sabato al bar della società. Come conseguenza mi svegliai con un feroce mal di testa!

In realtà non mi ero svegliato per questo ma a causa del mio personal che strillava:

<Cosa cavolo c'è!> Farfugliai rispondendo al personal. Mi avrebbero anche visto sul monitor e, certamente non sarebbe stato un bello spettacolo, ma non me ne fregava gran che!

<Arvin cosa ti è successo?> Mi rispose il personal con la voce di Ford, un collega dell'Enterprise.

Guardai l'ora: le dieci del mattino o poco più, mi assicurai che fosse domenica poi: <Cosa è successo a te!> Risposi <Ti sembra il momento di rompermi le scatole?>.<Un'emergenza Arvin, fatti una doccia e vieni subito... la Beniet...> mi rispose astiosamente il personal, o forse era Ford?

La Beniet, mi svegliai!

<Cosa succede Ford, grane?>

<Peggio! vieni qui e capirai>

Non risposi, spensi il contatto e mi gettai in bagno.

Ford era il mio capo, almeno così diceva lui! Era estremamente antipatico ma, non so bene per quale motivo, mi ascoltava sempre con molta attenzione, per fare poi, quasi sempre, l'esatto contrario rispetto ai miei inutili consigli. Qualche volta aveva ragione lui...

Aveva dieci anni più di me, per questo, penso, era il mio capo, io avevo 31 anni e molte idee, lui 41 e... molta politica.

Mi stava sulle scatole ma lo rispettavo.

Non so bene come ma... arrivai.

Il mio, più che un ufficio, sembrava la consolle di un'astronave: monitor, aggeggi vari, computer, e chi più ne ha più ne metta!

C'erano tutti: Grain, Elisabeth, Norton, due personaggi che non conoscevo e, naturalmente, Ford.

Grain era molto giovane, cinque anni meno di me, mingherlino, portava lenti a contatto colorate che cambiava continuamente, per cui nessuno sapeva qual'era il vero colore dei suoi occhi, capelli castani e piuttosto piccolo. Elisabeth doveva essere stata una bella donna, ora aveva sessant'anni piuttosto grassoccia bionda probabilmente tinta, altezza media e occhi verdi. Lunghe gambe affusolate che facevano ancora girare la testa, nel complesso piuttosto energica e attirava gli uomini come mosche (anch'io ci avevo fatto più di un pensierino...). Infine Norton, sembrava un attore del vecchio cinema: quarant'anni, decisamente americano, biondo, occhi azzurri e muscoli da palestra! Un personaggio con il quale non conveniva discutere troppo, in cambio un carattere che ricordava un bambino sperduto.

Erano i miei collaboratori, gente di prim'ordine!

<Arvin, finalmente!> Mi apostrofò Ford, come se fosse suo pieno diritto farmi lavorare la domenica!

<Cosa succede capo?> Tagliai corto.

<Questi è Henry Ski e Corrado Ensico, rappresentano la "Serniet", sono arrivati in volo dal Canada due ore fa, sanno chi sei e ti spiegheranno tutto>

Disse presentandomi i due tipi che non conoscevo; ma conoscevo la Serniet, era la Società che aveva predisposto le modifiche alla Beniet!

Dopo l'ultima guerra causata dalle multinazionali del petrolio che non intendevano perdere la loro egemonia economica sul mondo, ma che persero la guerra, le multinazionali esistevano ancora ma, per legge, il loro capitale azionario doveva appartenere almeno per il 51% al Governo. La Serniet era un gigante e almeno uno dei due personaggi che avevo davanti, doveva essere inviato dal governo Nord Americano. (Era Corrado). La nostra era una piccola Società, anche se molto quotata, per cui non avevamo pastoie governative, in cambio avevamo Ford...

I due personaggi parevano gemelli! In realtà erano solo vestiti in modo molto simile: giacca e pantaloni neri, cravatta grigia, scarpe lucide... mancavano gli occhiali neri e sarebbero stati perfetti!

<Allora?> Chiesi un po bruscamente.

Henry, biondo, classici occhi azzurri, all'incirca della mia età, iniziò: <Lei conosce la situazione della Beniet, naturalmente.>

<Certo!> Risposi <Sono incaricato a studiare gli effetti delle modifiche apportate al motore.>

<E' arrivato a qualche conclusione?>

<Non ancora, ma ...>

<Arvin> mi interruppe Ford <ha sempre molti dubbi, a volte è troppo conservatore, pessimista, direi.>

Intervenne Corrado, pochi capelli castani, occhi marroncini e sui quarant'anni : <Forse questa volta occorreva avere molti più dubbi!>

<Insomma!> Sbottai <Cosa sta succedendo?>

Henry continuò, con tono piuttosto triste:

<Da quando la Beniet è partita col nuovo motore, abbiamo monitorato continuamente il suo viaggio. Tutto andava per il meglio, la sua velocità era progressivamente aumentata di quasi un terzo, nulla faceva presagire il benché minimo problema, ma... Ieri notte il comandante Slim Pensier ha improvvisamente chiamato la base e, poco dopo, siamo stati contattati.>

Mi allarmai, non era affatto usuale per navi così grandi che il comandante in persona chiamasse la Terra, anche in caso di incidente sarebbe stato un sottoposto a chiamare!

Henry, dopo una breve pausa, proseguì:

<La nave si sta "sfogliando"!>

<Cosa?> intervenni <cosa volete dire? Che significa "sfogliando"?>

Parlò ancora Corrado:

<Ho sentito personalmente Pensier che appariva più stupito di noi! Sfogliando, non troviamo altro termine più corretto. Le paratie esterne della nave, le armature del motore, la protezione dell'acceleratore, si stanno progressivamente sfogliando. Il fenomeno appare irreversibile, ma è stabile. Tutto il metallo esterno si sta pian piano disperdendo nello spazio. Nessuno sa perché!>

Ford domandò:

<Ma le funzioni della nave come si comportano?>

<Tutto normale, maledizione!> Quasi urlò Corrado <Tutte le funzioni vitali e no all'interno della Beniet funzionano perfettamente, il motore va alla meraviglia e così

l'acceleratore! Nessuno si è accorto di niente, solo il comandante che monitorava l'esterno della nave.>

<Vuol dire che nessuno sa ancora nulla?> Intervenne Ford.

<Nessuno!> confermò Corrado.

Restammo in silenzio, annichiliti! Non riuscivamo bene a comprendere le implicazioni di quanto stava accadendo, poi capii:

<Quanto tempo?> chiesi <quanto tempo prima che il fenomeno raggiunga parti vitali?><Siamo in grado di calcolarlo> rispose Henry, guardò l'orologio poi: <Due minuti oltre le 52 ore da adesso!>

Restammo in silenzio, quindi intervenne Ford:

<Navette di salvataggio? Navi nelle vicinanze?>

Ancora Henry: <Le navette possono portare al massimo 100 persone alla volta e, dove le porterebbero? La nave più vicina impiegherebbe quasi un mese ad arrivare e tornare verso la Luna comporterebbe un viaggio di diversi mesi. Comunque la Beniet ha oltre 300 passeggeri e 40 persone di equipaggio, 240 persone sono condannate, e per le altre non vi è certezza di sopravvivenza!>

<Cosa cederà per primo?> Chiesi <Il motore, gli alloggiamenti, cosa?>

<Il fatto più strano è che il fenomeno non è circoscritto al motore o ad una parte della nave> Rispose Henry < ma è generalizzato a tutto lo scafo!>

<E' uniforme?>

<Si!>

<Allora> continuai < cederanno per primi gli alloggiamenti dei passeggeri!>

<Esatto> confermò Henry.

<I passeggeri a poppa della nave vedranno le stelle!> intervenne Grain.

Fino a quel momento i miei collaboratori erano rimasti in silenzio a digerire quanto stava accadendo, ma ora iniziavano a riprendersi.

<Vero!> Disse Henry < le particelle di metallo che si staccano, illuminate dal sole, appariranno luminose, come piccole stelle, ma penseranno a qualche fenomeno correlato alle modifiche apportate, certamente l'equipaggio potrà tranquillizzarli!>

<Non tutti Henry!> interruppe Corrado <non tutti....> Ma non aggiunse altro...

Fu la volta di Elisabeth:

<Non è possibile staccare il motore e l'acceleratore? Sicuramente il fenomeno è legato a questi due elementi ed anche rendendo la nave uno scafo alla deriva sarebbe possibile per i suoi occupanti sopravvivere il tempo necessario all'arrivo di soccorsi.>

Corrado rispose:

<E' stata la prima cosa che ho detto al comandante, due ore dopo sono stato avvertito che il comandante aveva lanciato una sonda lontano dalla nave. La sonda era del tutto autonoma non dipendeva minimamente, come d'altra parte anche le navette imbarcate, dall'apparato motore della Beniet. Era all'interno della nave, mentre le navette sono collegate all'esterno ed anch'esse si stanno sfogliando!

Per questo il comandante Pensier ha usato la sonda che non soffriva minimamente di questo fenomeno.>

<Allora?> sollecitò Elisabeth.

<Poco dopo essere uscita dalla nave la sonda cominciò a sfogliarsi!> Concluse quasi gridando Corrado.

Per un poco il silenzio sovrastò la sala, nessuno parlava, poi:

<Avanti ragazzi, abbiamo poco tempo!> Urlai

<Grain calcolami tutte le estrapolazioni possibili causate dalle modifiche apportate; Elisabeth pensa... trova idee e aprimi un canale con la Beniet; Norton fammi funzionare i tuoi computer, presto datevi da fare! Ford e voi due tenetemi in contatto con tutti coloro che sono coinvolti in questo affare e trovami Fabien!>

<Fabien?> ringhiò Ford.

<Certo Fabien, nessuno meglio di lui conosce questa cavolo di innovazione, è lui il maggiore artefice del primo esperimento con il prototipo, quello su Marte ci era arrivato!>

<Non possiamo> intervenne ancora Ford: <al di fuori delle società coinvolte non è possibile informare altri!>

<Se quelli crepano lo sapranno tutti Ford! Non rompermi l'anima, non questa volta!> Gridai.

Ford restò un attimo in silenzio poi guardò Corrado negli occhi. Per un istante qualcosa passò fra i due poi, con un sospiro, Ford annuì, la cosa doveva essere veramente molto, molto grave.


## 2

*(ieri)*


Jennifer era nata sulla Luna dove, salvo qualche breve vacanza sulla Terra quando era ancora bambina, era rimasta tutta la vita.

Quelle vacanze non le ricordava con piacere, certo cieli azzurri (ma cadeva liquido dal cielo anche troppo spesso per i suoi gusti), tanta gente (troppa, frastuono, confusione), buoni ristoranti (ma cibi troppo... gustosi), spazi aperti (troppo aperti!), l'aria aveva uno strano odore e... si muoveva. Questo la terrorizzava (pensava che dovesse uscire da qualche parte!) ma, sopratutto, una gravità che le frantumava le ossa!

Per tutta la sua vita aveva studiato: fisica, astronomia, calcolo stellare... poi aveva iniziato a lavorare: costruzione di motori, passeggiate lunari, pilota di moduli, conseguenze sulle radiazioni, medicina...

Jennifer non avrebbe mai saputo cosa fare con due uova, puzzava come una capra (sulla Luna l'acqua non poteva essere utilizzata per cose troppo futili). Una delle prime cose che aveva fatto appena raggiunta la pubertà era perdere la sua verginità e, da allora, rinunciava allegramente alle sue vacanze sulla Terra e passava tutti i suoi, brevi, momenti liberi a cacciare uomini (in mancanza anche donne!).

Non aveva genitori, era nata in una provetta e lo sapeva. Geneticamente modificata per essere migliore nel suo lavoro. Un prodotto costruito per uno scopo ben preciso, non era mai stata oltre il sistema Terra-Luna ma Jennifer era la migliore pilota spaziale di tutto il sistema!

Jennifer era una donna dell'**Agenzia**!


L'**Agenzia** era probabilmente la più antica istituzione laica esistente! Nata oltre dieci secoli fa, prima ancora della "Grande Paura".

Mille leggende erano sorte intorno ad essa. Era un'istituzione privata, fondata da un eccentrico inglese: Wender. Col tempo divenne un'entità autonoma che viveva con i proventi di migliaia di brevetti ceduti equamente ai vari governi. Il suo scopo era la conquista delle stelle!

Inizialmente non si chiamava così, Wender conosceva il mondo, un mondo molto diverso dall'attuale dove mille Nazioni si contendevano uno spazio a volte con la violenza. Costituì due fondazioni: una con lo scopo di ricercare l'immortalità fisica, l'altra la ricerca spaziale e la conquista delle stelle!

Wender era pazzo? Molti lo credevano! Dopo l'ultima guerra delle Multinazionali, le due fondazioni si fusero in una sola e nacque l'**Agenzia**!

Nessuno sa cosa accadde a Wender ed alla sua compagna, dieci anni dopo la "Grande Paura" scomparvero letteralmente nel nulla! Avevano ormai oltre 90 anni, forse troppi per quel tempo!

Qualcuno pensava che fossero in viaggio... che stessero raggiungendo qualche stella lontana... la loro leggenda continuava ancora....

Le due fondazioni ebbero un ruolo importantissimo durante la "Grande Paura", nel 2064 colonizzarono Marte e trasferirono sul pianeta rosso la loro sede permanente dove si trovava ancora.

l'**Agenzia** era un'istituzione potentissima, qualcuno sospettava che fosse il vero governo della Terra, quasi un quinto del pianeta rosso era scavato e occupato dalle sue strutture!

Wender e la sua compagna costituirono le due fondazioni nel 2030 grazie anche all'appoggio della maggiore potenza mondiale del tempo: gli Stati Uniti d'America. Riunirono i migliori cervelli dell'epoca allo scopo ambizioso di ricercare l'immortalità ed una nuova frontiera lontano dalla Terra. Wender intuiva che, in qualche modo, i due obiettivi dovevano essere complementari, se arrivare alla stella più vicina comportava in termini temporali tutta la vita di un uomo allora quella vita doveva allungarsi!

Ma già allora stava iniziando la "Grande Paura":

Non aveva nome ma solo una sigla: "MX15"!

Era un asteroide impazzito, grande come l'Europa. Forse colpito in passato da una cometa, era uscito dalla sua orbita e puntava sulla Terra!

La vita come la conoscevamo non poteva resistere ad un simile impatto.

Il mondo era diviso: ideologie, guerre, massacri in nome di assunti ridicoli. La tecnologia era elevata ma la ricerca spaziale segnava il passo, guerre ed interessi di parte allontanavano i fondi alla ricerca ed allo spazio che appariva un inutile sforzo che non portava da nessuna parte.

Fame, malattie, falciavano la maggior parte degli umani e poche risorse venivano destinate a risolvere i loro problemi, figuriamoci lo spazio!!!

Ma la "Grande Paura" era arrivata!

Per qualche tempo pochi ne furono a conoscenza. A che sarebbe servito informare il mondo? Creare il panico?

Si sviluppò un progetto: missili a testata nucleare da lanciare sull'asteroide, ma occorreva fare presto ed i problemi del mondo avevano la precedenza!

Wender lo sapeva!

Si rese conto che difficilmente la Terra sarebbe riuscita ad intervenire in tempo. MX15 era troppo grande, un bombardamento atomico doveva essere fatto subito! L'effetto migliore che poteva sortire un simile bombardamento poteva essere una deviazione dall'orbita che l'avrebbe portato lontano dalla Terra, ma più l'asteroide si avvicinava più diminuivano le possibilità di riuscire a deviarlo.

Le fondazioni non avevano la forza di intervenire con un bombardamento, dovevano farlo i governi ma questi aspettavano, aspettavano troppo!

Così Wender decise di informare il mondo!

Inizialmente la cosa non sembrò sortire nessun effetto. Da tempo si ipotizzava sulla possibilità di un impatto e sulle sue conseguenze. La gente non reagiva, che si poteva fare? Sembrava rassegnata o incredula.

Allora Wender cambiò programma: tutte le risorse delle fondazioni furono destinate ad un solo progetto, ad un solo obiettivo: colonizzare Marte prima che arrivi MX15!

Non c'era tempo, le fondazioni coinvolsero la NASA in America, l'Ente Spaziale Europeo, la Città delle Stelle della Russia e l'Ente dello Spazio Cinese.

Missili spaziali iniziarono ad inviare componenti in orbita, si dovevano assemblare in fretta almeno venti navi interplanetarie e dovevano essere molto grandi!

A quel tempo serviva quasi un anno per arrivare su Marte, le navi dovevano essere molto spaziose, portare il maggior numero di coloni possibile e materiali di ogni genere, apparecchiature, di tutto! Marte doveva essere autosufficiente!

Navi così grandi non potevano partire dalla Terra, dovevano essere assemblate in orbita con piccole navette che facevano continuamente la spola fra il pianeta e le astronavi; le stesse navette che, in seguito, avrebbero fatto la spola fra le navi e Marte! Già nel 2035 le fondazioni iniziarono ad inviare sonde su Marte! In realtà non erano esattamente delle sonde ma piuttosto navi automatiche che portavano strumentazioni e materiali. Quando sarebbero partite le navi vere e proprie avrebbero trovato sul pianeta rosso già moduli abitativi operativi, macchine che producevano ossigeno e acqua, strumentazioni e... piante!

Il progetto era molto complesso, tanti piloti ed eroi morirono in incidenti di varia natura, ma Wender era inflessibile, non si fermarono mai!

Nel 2038 partì una piccola nave con tre uomini e tre donne a bordo. Dopo un anno sbarcarono su Marte dove trovarono tutto quanto necessario per vivere: dopo sei mesi ne arrivarono altri sei.

L'uomo era arrivato su un altro pianeta!

Un simile sforzo non poteva più passare inosservato la gente cominciò a reagire, ad aver paura!

Chi sarebbe andato su Marte? Quali criteri di scelta? Cosa stavano facendo i governi? Nacquero feroci moti insurrezionali, i governi cercavano di tranquillizzare gli animi ma inutilmente.

Scoppiò una guerra feroce: furono usate le bombe atomiche!

Le due fondazioni furono miracolosamente risparmiate, Wender continuò implacabile con il suo programma.

I governi superstiti rinsavirono improvvisamente, il pericolo era troppo grande! La popolazione mondiale sopravvissuta dalle conseguenze della guerra e delle radiazioni era quasi dimezzata!

Il disastro era terrificante e le Nazioni si unirono per scongiurare un disastro ancora più grande.

Gli Stati Uniti d'America divennero il Governo nord americano, inglobando il Canada, l'Australia, la Nuova Zelanda e il Messico. Nacquero gli Stati Uniti d'Europa che si unirono alla Russia, poi la Confederazione Asiatica, quella Africana, quella dei Fratelli

Mussulmani, il Nuovo Brasile, l'India allargò i suoi confini verso alcune Nazioni dell'ex Asia Sovietica e riunendosi finalmente con il Pakistan, il Bangladesch e Sri Lanka.

Si formò una commissione che rappresentava i sette nuovi governi mondiali e si mise in atto il progetto originale: bombardare MX15!

Ma era tardi! Si era nel 2063, mancavano meno di due anni all'impatto, l'asteroide era troppo vicino non si poteva più deviarlo!

Wender e le fondazioni ignorarono le iniziative governative e, alla fine di quello stesso anno, partirono le venti navi interplanetarie ormai ultimate, con loro partivano 40.000 coloni!

Non era gente qualunque, erano tutti impiegati delle due fondazioni, scelti fra le migliori menti mondiali, ben addestrati e... tutti sognatori!

Dopo più di un anno di viaggio arrivarono su Marte, all'alba del 2064 il pianeta fu colonizzato!

Poco dopo arrivò MX15!

Era stato pesantemente bombardato, ma non deviato! Il bombardamento atomico lo aveva spezzato. Arrivarono sulla Terra non un gigantesco asteroide ma 36 frammenti dello stesso. Fortuna volle che caddero nell'Oceano Atlantico, ma l'impatto fu ugualmente terrificante, le conseguenze durarono trecento anni! Tanto ci volle per la popolazione mondiale a ricominciare a progredire.

Il mondo era ridotto ad un miliardo di persone, ma le città furono ricostruite, così le fabbriche, così le industrie e... le navi interplanetarie.

Non più guerre. Non più incomprensioni, almeno così si pensava!

La nuova spinta verso il progresso fu sollecitata molto dalle due fondazioni ormai ben stabilite su Marte.

Dopo aver colonizzato il pianeta, le fondazioni continuarono i loro studi e progetti indirizzati verso la conquista delle stelle e ... dell'immortalità.

I loro studi avanzati portarono a migliaia di scoperte e risultati collaterali che vennero ceduti (dietro compenso) ai sette governi della Terra.

Le fondazioni aprirono sedi sul pianeta madre, sulla Luna e sui satelliti di Giove e Saturno, ma la Sede Centrale restò su Marte.

Grazie alle loro scoperte le aree distrutte dalle radiazioni e dall'impatto di MX15, furono bonificate e rese nuovamente abitabili, si diede uno straordinario impulso alla colonizzazione dello spazio interplanetario e all'estinzione di tutte le principali malattie. La popolazione mondiale presto quintuplicò, ma questo non piacque a tutti.

Fin da prima della "Grande Paura" si erano formate grandi società dette Multinazionali che la conseguente guerra ed il disastro causato dall'asteroide non aveva, se non in qualche raro caso, colpito più di tanto, anzi, molte erano prosperate proprio a causa dei disastri avvenuti.

Con il tempo la loro forza divenne tale da poter influenzare pesantemente la politica dei loro stessi governi, fino a soppiantarli, sia pure non ufficialmente.

Alle Multinazionali non poteva piacere la politica delle fondazioni che dava ai governi l'esclusiva delle loro scoperte, concedendo, loro una forza economica che contrastava quella delle Multinazionali stesse.

Lo scontro fu inevitabile, erano due poteri che si contendevano l'egemonia mondiale, non potevano coesistere.

Fu una guerra terribile, combattuta, a volte, in silenzio, con la tecnica del terrorismo più spietato; altre volte con feroci moti di piazza; altre con battaglie vere e proprie. Non si seppe mai quale fu il ruolo delle fondazioni, certamente intervennero ma... silenziosamente e la bilancia favorì, dopo dodici anni, i sette governi mondiali.

Erano passati 500 anni dalla "Grande Paura", il motto eterno "non più guerra" sembrò divenire una realtà.

Le due fondazioni si fusero in una sola grande e potentissima entità: l'**Agenzia**!

La navetta, poco più di un modulo, arrivava veloce dallo spazio profondo. Era partita dalla Luna due giorni prima e stava tornando.

<Feodor cos'è questa cosa?>

<Cosa?>

Feodor era responsabile del controllo lunare, un uomo grande e grosso che, nella leggera gravità del satellite, sembrava muoversi con la grazia di un ippopotamo nell'acqua.

Si avvicinò alla consolle e ringhiò:

<Non emette segnali, anzi.... sì! Guarda c'è una sequenza di luci in direzione della coda. Cristo! E' una navetta dell'**Agenzia**! Ti risulta qualcosa Chang?>

Quest'ultimo era l'opposto del suo capo, mingherlino e decisamente orientale. Restò un attimo soprappensiero poi:

<Non può essere che lei...>

<Lei chi?>

<Jennifer, solo lei ha libero accesso alle navette dell'**Agenzia**, ed è tipico di Jennifer partire senza avvertire nessuno!>

<Cavolo, ma guarda come arriva! Piena velocità e non spegne i motori!> Gridò Feodor.

<Mettimi in contatto, presto!> continuò.

Jennifer era alta un metro e ottantacinque, molto per una donna anche a quel tempo, non certo esile, anzi! I capelli nerissimi e tagliati corti, nel complesso una donna di trent'anni che non passava inosservata. All'interno della navetta sembrava che la occupasse tutta!

Era partita due giorni prima per addestrarsi nello spazio profondo dove si era divertita a lungo a provare le manovre più assurde che le venissero in mente. Due giorni in una navetta angusta non erano pochi e... si sentiva.

Jennifer riteneva, in cuor suo, che navi, navette, moduli, etc., che portassero lo stemma dell'**Agenzia** (un drago in volo ad ali spiegate che, anziché fuoco, vomitava una miriade di stelle), fossero di sua proprietà, e, probabilmente, pensava che lo spazio interplanetario fosse casa sua!

Stava arrivando velocissima dalla parte nascosta della Luna, era la prima volta che provava questa manovra: aveva acceso tutti i retrorazzi alla massima potenza, il suo carburante era alla fine.

<Controllo a Jennifer o chi vive su quel modulo, rispondete!>

Da qualche tempo il personal della navetta vomitava le parole di Chang, Jennifer era piuttosto occupata dalla sua pericolosa manovra di allunaggio e quel gracchiare la disturbava, però aveva intenzione di arrivare nei pressi della stazione di controllo ed aveva bisogno di un hangar dove fermarsi. Quindi, astiosa, rispose:

<Sono io Jennifer, cosa cavolo volete? Non vedete che sono occupata?>

<Qui Feodor, responsabile del controllo, cosa cavolo fai tu maledizione!>

<Stai tranquillo Feodor, so cosa faccio, dammi un hangar libero sto venendo da voi.>

<Vai al diavolo Jennifer, lontano da noi, tu non sai neppure cosa sia uno spazioporto, tu vuoi crepare e va bene, ma non coinvolgerci!>

<Il tuo non è uno spazioporto!> Sbottò Jennifer <al massimo può essere una latrina! Dammi un cesso dove possa alloggiare questa navetta Feodor e svelto! Io so cosa faccio o vuoi che venga a posarmi direttamente sulle tue chiappe?>

In realtà questo sarebbe piaciuto e molto a Feodor e Jennifer, qualche tempo indietro, lo aveva effettivamente fatto... Feodor lo ricordava bene, per cui si "addolcì", nei limiti in cui un ippopotamo infuriato poteva addolcirsi, quindi:

<Vai all'hangar sei pezzo di.... Vengo io stesso a raccoglierti col cucchiaino.> Ringhiò.

<Illumina l'hangar, sto arrivando e stai lontano altrimenti sarò io a raccogliere te col cucchiaino e adesso lasciatemi in pace ho da fare.> Rispose Jennifer chiudendo la comunicazione.

Il carburante della navetta era praticamente finito, Jennifer uscì improvvisamente dalla faccia nascosta della Luna e avvistò lo spazioporto del Controllo. Spense improvvisamente il motore e capovolse la navetta che, nonostante la scarsa gravità lunare, stava iniziando a precipitare come un sasso. A solo duecento metri dal terreno Jennifer riaccese i razzi. La navetta sobbalzò e rallentò la sua folle corsa, destramente Jennifer si accostò allo spazioporto, avvistò le luci dell'hangar sei e puntò su di esso. A meno di 100 metri dall'hangar e dal disastro il carburante finì: la forza d'inerzia fu appena sufficiente a far piombare la navetta all'interno dell'hangar dove si fermò quasi dolcemente subito agganciata dalle tenaglie dell'hangar stesso.

Jennifer era arrivata!

Fu un Feodor assolutamente furioso che accostò alla navetta il soffietto di sbarco pressurizzato.

Si avvicinò allo sportello della navetta che si aprì con un leggero sbuffo e... tutta la rabbia di Feodor svanì!

<Che cavolo!> Sbottò il malcapitato, con un salto indietro, annusando l'aria incredibilmente puzzolente che usciva dall'angusta cabina, accompagnata da una Jennifer che tutto poteva essere ma certamente non avvenente!

<Che credi> infierì Jennifer <due giorni in un modulo a fare acrobazie, non avevo tempo per la toilette, forse così non ti piaccio?>

Si accostò a Feodor e lo abbracciò! Feodor boccheggiava, letteralmente non aveva più parole...

Jennifer, molto tranquillamente, lasciò Feodor annichilito ed entrò nella base di controllo in cerca degli alloggiamenti.

Il suo passaggio non restò inosservato e allontanò chiunque avesse anche una leggera curiosità.

Trovò una stanza libera e la occupò allo scopo di riposare e lavarsi quel tanto che era necessario per poter accostare altre persone almeno ad un metro di distanza.

Dormì assolutamente indisturbata per dieci ore.

Forse avrebbe dormito ancora ma il cicalino della porta la svegliò:

<Chi è?> chiese Jennifer senza muoversi dal letto, troppo assonnata per alzarsi e vedere dal personal.

Una voce flebile a causa della porta chiusa le rispose:

<Sono Anna, Jennifer aprimi devo parlarti>.

Anna era una cara (in molti sensi) amica di Jennifer ed anch'ella una donna dell'**Agenzia**.

Jennifer non si preoccupò di vestirsi (il che era un bene poiché non aveva portato abiti di ricambio) ed andò ad aprire.

Guardò Anna, una biondina piuttosto esile, venti centimetri più bassa di Jennifer e tre anni più giovane, specializzata in medicina, antropologia, flora e fauna terrestre e no. Se Jennifer poteva infilarsi in un hangar lunare senza carburante, Anna poteva far nascere un dinosauro in provetta!

Non disse una parola, prese Anna e la scaraventò sul letto. Con un calcio chiuse la porta e iniziò a spogliare rapidamente l'amica.

Più che spogliarla le strappò di dosso i vestiti, fecero l'amore con molto gusto per quasi due ore!

Finiti i "convenevoli" Anna, accarezzando dolcemente il di dietro dell'amica, parlò per la prima volta da quando era entrata:

<Devo parlarti amore, è importante.>

<Bene! parlami tesoro> rispose Jennifer con voce un po arrochita.

<Non qui, andiamo all'ufficio>.

L'ufficio era una saletta dell'**Agenzia** dotato di tutti i comfort, bar, ristorante, privacy, consolle e quant'altro, che si trovava nei pressi del Controllo Lunare.

Dopo una breve pausa Jennifer, un po stancamente, annuì e disse: <d'accordo, andiamo, credo anche di avere fame, una fame di tre giorni!>

Anna guardò sconsolata quello che restava dei suoi vestiti, chiese: <hai qualcosa da farmi mettere?>

Jennifer ci pensò un attimo poi indicò la sua tuta. Anna la prese un momento poi:

<Sei matta? Questa roba puzza di tutto: vomito, sudore, cosa cavolo ci hai fatto dentro?>

<Tu non c'eri... ho dovuto arrangiarmi.> Affermò Jennifer con un sogghigno, poi:

<Troveremo qualcosa all'ufficio.>

Così due splendide donne attraversarono tutto il controllo completamente nude, caso volle che, per grazia di Dio, nessuna nave stesse arrivando!

L'entrata dell'ufficio era preceduta da una saletta scanner dove Anna e Jennifer vennero riconosciute come appartenenti all'**Agenzia**; una volta entrate trovarono alcuni inservienti che, probabilmente abituati a questo ed ad altro, non apparvero particolarmente stupiti anche se sicuramente ammirati.

In breve furono rivestite ed accompagnate in un cubicolo "privacy" dove poterono sorseggiare in pace un drink. Jennifer chiese un lauto pranzo, era effettivamente piuttosto affamata. Il cibo, sulla Luna, era piuttosto insipido ma ricco di vitamine, fosfati e quant'altro potesse rovinarne il gusto. Jennifer lo adorava!

Anna si accontentò del drink e di qualche snack, poi chiese una consolle privata dell'**Agenzia**.

<E' arrivato un ordine per noi> disse Anna sommessamente.

Jennifer interruppe subito il suo pranzo, guardò attenta l'amica e disse:

<Da chi?> Dopo un attimo Anna rispose: <Marte, primo livello!>

<Stai scherzando> esordì Jennifer stupita.

<No cara! Primo livello ed è roba per noi: Jennifer Patel e Anna Suzu, ho controllato le coordinate dell'ordine, è per noi! Verifica tu stessa!>

Jennifer si accostò alla consolle e verificò l'ordine con lo scanner allegato, Anna aveva ragione!

<Apri l'ordine Jennifer> disse Anna <io l'ho già fatto!>

Lo aprì:

*- Priorità di livello A, per Anna Suzu riconosciuta e Jennifer Patel riconosciuta. Codici 0Y75GB21LK490VFD e C417UJ908KMCS34T, recarsi entro il 2 maggio 3097 presso l'ufficio dell'**Agenzia** al Controllo Traffico Lunare. Ritirare documentazione di viaggio e carte di pagamento presso gli stessi uffici fornendo i codici di cui sopra. Imbarcarsi su navetta e trasferirsi sulla Beniet, destinazione Marte, entro il 3 maggio 3097. Giunti a destinazione presentarsi presso la sezione CD4RT1. **ORDINE DI LIVELLO 1**.*

*Cancellare messaggio dopo ricezione -*

<Tipico!> Sbottò Jennifer e, dopo un momento: <Il capo lo sapeva! Per questo mi ha suggerito quel giretto di due giorni e di venire qui al controllo! Bastardo!>

<Già!> Annuì Anna <il capo sa sempre tutto, ma certamente non sapeva che fosse un livello 1! Io ero già qui quando mi avvertì di venire all'ufficio che c'era qualcosa per noi. Lo sai Jennifer? Oggi è il due maggio!>

<Cazzo, è vero!> quasi gridò Jennifer <e non ho neppure il tempo di ritirare le mie cose o salutare qualcuno, bastardi!>

<E' vero cara, ma pensa: Marte! Livello 1, è qualcosa di importante, di molto molto importante ed hanno chiamato noi!>

Anna era emozionata, ma anche Jennifer comprendeva bene cosa significasse. Non più esercitazioni, niente studi, ora si faceva sul serio! Cosa avrebbero voluto? Cosa bolliva in pentola? Livello 1, avrebbero incontrato i più grandi capoccioni del sistema, incredibile!

Così trascrissero i codici, cancellarono il messaggio e si recarono... al bar!

Qui apostrofarono il "barman" e diedero i loro codici. Scoprirono così che il barman era una piattola: ancora furono scannarizzate, analizzate fino a quando il fottuto barman fu ben certo che fossero chi dicevano di essere, solo allora ricevettero un plico con i rispettivi numeri di codice.

Nel plico trovarono rispettivamente un biglietto personale non cedibile per Marte: prima classe sulla Beniet, tutto pagato anche i drink. Avrebbero potuto passare tutto il tempo completamente sbronze, non male! Non c'è che dire l'**Agenzia** trattava bene i suoi uomini! Trovarono anche una carta di pagamento illimitata (avrebbero potuto acquistare la Beniet?) ed un pas CD4RT1, per gli uomini dell'**Agenzia** era come essere promossi da maresciallo a colonnello in una volta sola! Per finire un breve promemoria che faceva ben comprendere come chi avesse inviato il plico conoscesse bene i destinatari!

Il promemoria portava due sorprese: imbarco immediato! Non domani come suggeriva il messaggio! Non potevano portare nulla con loro! Per Jennifer non cambiava niente ma Anna restò piuttosto male!

Inoltre dovevano usufruire della boutique e della toilette dell'ufficio per farsi una doccia decente, imbellettarsi come si deve e acquistare quanto era necessario per loro. Infine dovevano richiedere al barman una uniforme dell'**Agenzia** di livello 3! Le due erano di livello 6, dovevano recarsi ad un livello 1 e diventavano di livello 3! Non c'era più nulla di logico e chiaro. Inoltre era rarissimo che gli uomini dell'**Agenzia** vestissero con l'uniforme!

Sempre più perplesse si accostarono nuovamente al bar e chiesero, un po dubbiose, le uniformi in questione. Il barman non ebbe nulla da ridire, non solo, consegnò loro due sacche con tre ricambi completi, non solo uniformi ma anche le mutandine!

Un'ora dopo uscivano dall'ufficio due splendide ed inquietanti ufficiali di livello tre dell'**Agenzia**!

Andarono immediatamente, come ordinato, all'imbarco dove non faticarono a trovare una navetta per la Beniet. Gli inservienti della nave interplanetaria le salutarono militarmente! Furono invitate a sedersi all'interno della navetta che, anche se vuota, partì immediatamente.

Mezz'ora dopo entravano nella Beniet accolte con tutti gli onori.

Scoprirono quindi di avere la stessa cabina e che la prima classe non esisteva, era classe unica ma che lusso!

Un giorno per ambientarsi poi la Beniet partì: Jennifer e Anna andavano su Marte!

*(ieri)*

<Norton quei dati sono pronti?>
Sbraitai incavolato come una biscia! Era già passata un'ora la Beniet aveva 51 ore di vita!

<Eccoli Arvin, li hai sulla tua consolle!>

Corrado ci aveva fornito tutte le informazioni conosciute ed eccole là!

<Il comandante della Beniet è sul tuo personal Arvin!> mi avvertì Elisabeth.

Aprii immediatamente il personal ed eccolo là: il Comandante Pensier. Più che un comandante di una nave interplanetaria, sembrava uno spazzino appena caduto in una discarica, non lo invidiavo.

<Comandante,> esordii in fretta <da questo momento fino alla fine della crisi lei dovrà restare in continuo contatto con me, informi di quanto accade il suo primo e secondo ufficiale, lei dovrà essere esclusivamente a mia disposizione. Relazioni sulla situazione: lo sfogliamento continua? E' Stabile? I dati da lei inviati alla Serniet ed a Corrado sono tuttora confermati? Ha rilevato anche la più piccola variazione nel motore o in qualunque parte della nave? Si è fatta qualche idea?>

Occorrevano sei maledetti minuti per far arrivare alla Beniet il mio messaggio ed altrettanti perché mi arrivasse la risposta, per cui mi rivolsi immediatamente a Grain:

<Grain! Ford ha trovato Fabien?>

<Non ancora, lo stanno cercando.>

<Sollecitali, digli di darsi una mossa che si sbrighino maledizione rompi le scatole!>

Guardai i dati che mi aveva fornito Norton: niente di nuovo, lo sfogliamento appariva costante, lo scafo della Beniet era corazzato, buon titanio, piombo e altro per cercare di fermare eventuali micrometeoriti e le radiazioni esterne. Di solito ci riusciva. La parte più "debole" era quella degli alloggiamenti, ma debole era un eufemismo, venti centimetri di piombo, altrettanti di titano e dieci di tutte le diavolerie che il nostro tempo aveva inventato non era certo poco!

Lo sfogliamento era iniziato ventidue ore prima, in settantatré ore sarebbe arrivato al punto critico, cioè a 10 millimetri dall'atmosfera interna. A quel punto lo scafo avrebbe cominciato a cedere nei suoi punti più deboli, non a causa dello spazio esterno, ma della pressione interna. All'interno c'era l'aria, all'esterno no! La Beniet sarebbe esplosa!

Non bastava riuscire ad interrompere il processo prima del collasso, occorreva farlo con notevole anticipo se non si voleva rischiare di avere un relitto alla deriva. Ogni ora sparivano da tutto lo scafo esterno 6,7 mm di metallo, non importa quale metallo! Le navette più esterne erano già inservibili, calcolai con orrore che non avevamo 50 ore come sembrava, in realtà in 50 ore quello strano cancro avrebbe mangiato tutto! Ci restavano solo 23 ore per permettere alla Beniet di sopravvivere non come un vuoto relitto ma come una nave con qualcuno vivo a bordo!Arrivò la risposta del Comandante:

<Niente di nuovo signor Arvin!> esordì <il fenomeno continua in modo stabile, riguarda solo le pareti esterne della nave, ogni cosa che dia sullo spazio esterno. Ho provato a lanciare fuori tutto quello che mi veniva in mente: suppellettili, legno, vetro, vari tipi di metalli, portacenere, vestiti; ogni cosa iniziava immediatamente a disgregarsi! Questo vuol dire che non possiamo uscire dalla nave!> Restò in silenzio un attimo, quasi a voler digerire le implicazioni di quanto egli stesso aveva detto, anche una missione di soccorso aveva poche possibilità di riuscire, ed era inutile cercare di usare le navette rimaste... continuò:

<Tutti i dati sono confermati. La nave continua a comportarsi perfettamente e questo mi rende ancora più furioso e perplesso! Il motore e l'acceleratore funzionano a meraviglia! Nonostante questo chiedo di valutare la possibilità di spegnere l'acceleratore ed, eventualmente, anche il motore. Non so se servirà a qualcosa, fatemi sapere.

Il primo e secondo ufficiale sono qui con me. Nessuno ha sviluppato qualche idea, si può solo ipotizzare come ovvio che sia stato un fenomeno correlato all'acceleratore di particelle, anche se non sappiamo come sia stato possibile e perché alla Beniet e non al modulo dove era stato provato con successo in precedenza.

I passeggeri sono abbastanza tranquilli. Il secondo ha dato ordine agli inservienti di organizzare una festa per distrarli. La sala di ricreazione più importante è al centro della nave, vi è una serie di schermi panoramici e, in quella posizione, si può notare l'effetto di sfogliamento. Appare come una miriade di piccole stelle che si staccano dallo scafo e sfilano in direzione del sole. Abbiamo raccontato che si tratta di un insolito banco di polvere che, strisciando sullo scafo, sollecita questo fenomeno. Le particelle di metallo sfogliate, come sapete dai dati che vi abbiamo fornito, sono tutte uguali e non più grandi di due micron, per cui possono ben apparire come polvere. Nessun altro fenomeno le coinvolge, restano stabili come vere e proprie particelle di polvere metallica!

Non credo che tutti l'abbiano bevuta, due ufficiali dell'**Agenzia** chiedono piuttosto insistentemente di vedermi.

L'**Agenzia** può farci comodo, ci faccia sapere se ritenete utile un abboccamento con loro. Una sola vera novità: sono riuscito con alcuni robot (ora inutilizzabili) a raccogliere altre particelle del metallo staccato dalle paratie esterne. Le stanno analizzando, per l'istante non appare niente se non una leggerissima radiazione anomala che non si registra in alcun luogo della nave, né nello spazio circostante, né all'interno del motore. La radiazione è assolutamente innocua e appena appena avvertibile. Abbiamo analizzato anche le particelle recuperate all'inizio del fenomeno e registrano la stessa radiazione ed allo stesso livello, quindi è stabile! Anche cumulandola su tutte le particelle sinora perdute e quelle che potremmo ancora perdere, la radiazione appare insignificante, però esiste e non dovrebbe esserci, per questo ve ne informo. La radiazione è misurabile in 77 sind virgola 654 nello spettro dell'oro, messa tutta insieme non riuscirebbe ad illuminare un orologio! Le particelle, una volta portate all'interno della nave, non determinano altri fenomeni né contaminano le paratie interne, a parte la radiazione sono completamente inerti e stabili. I nostri tecnici stanno continuando le ricerche ma non sembra vi sia altro, nel caso vi informerò. Passo >

Il Comandante appariva decisamente stanco, ma mi serviva, doveva continuare a resistere!

In quella intervenne Grain:

<Arvin, abbiamo trovato Fabien! E' in comunicazione!>

<Tienilo in caldo Grain! Ho la Beniet in linea, intanto informalo e tu Norton inviagli tutti i dati in nostro possesso.>

Mi misi in comunicazione con il Comandante della Beniet chiamandolo per nome:<Slim!> gli dissi <so che sei stanco, ma devi farcela. Maledizione! Ce la faremo Slim ma mi servi in forma! Prendi caffè, eccitanti, tutto quello che vuoi ma mi servi Slim!Capito?> Non poteva rispondermi subito, ma non importava. <Informa i due ufficiali dell'**Agenzia**> continuai <possono essere utili, è gente abituata alle assurdità, non si può mai sapere! Ma dal momento in cui saranno a conoscenza di quanto accade, non potranno più avere contatti con i passeggeri! Fai conoscere l'entità della crisi anche a tutti gli uomini dell'equipaggio che non devono avere forzatamente contatti con i passeggeri, fatti aiutare dal secondo per farlo.>

Restai qualche minuto in silenzio, c'era qualcosa che mi ronzava in testa...

<Arvin!> Mi apostrofò Elisabeth, quasi svegliandomi dal mio sogno...

<Sta buona!> le dissi un po troppo bruscamente <sono ancora qui, ma lasciami tranquillo!>

Qualcosa mi ronzava in testa...

Poi ripresi la comunicazione con la Beniet:

<Slim!... ascolta, aspetta a spegnere i motori, ed anche l'acceleratore, abbiamo trovato Fabien, è lui che esperimentò l'acceleratore sul modulo, fammi prima parlare con lui, poi... c'è qualcosa che non mi convince...> Restai ancora un attimo in silenzio poi: <Slim, quella radiazione sulle scaglie di metallo... può essere la chiave di tutto. E' assurdo, ma tutto quanto sta accadendo è assurdo!

Devi cercare nell'acceleratore... So che è all'esterno della nave, collegato al motore ma esterno, quindi soggetto anch'esso allo sfogliamento. Voglio che qualcuno vada a prendere campioni delle particelle di metallo sfogliate dall'acceleratore e che vengano poi analizzate molto, molto attentamente. Forse è una strada inutile, ma non abbiamo altro!

Manda un robot se puoi... altrimenti manda un volontario... .

Quando avrai novità chiamami, passo e chiudo.>

Restai ancora un momento in silenzio, inviare un volontario a recuperare le particelle dall'acceleratore voleva dire un volontario suicida! Speravo potesse usare un robot ma sapevo che sarebbe stato quasi impossibile, il Comandante doveva trovare qualcuno disposto a morire e, forse, per niente! Poi:

<Grain, procurami del buon caffè forte e passami Fabien!>

<Salve Fabien!> esordii <sono Arvin, sei stato informato di quanto accade?>

<Certo! E piuttosto bruscamente signor Arvin! Mi è stato dato ordine di collaborare su tutta la linea. Non mi piacete signor Arvin, so chi siete e cosa fate, la vostra stupidità è incredibile! Dopo un esperimento con un modulo, anche se riuscito, cosa vi è saltato in mente di copiarci e mettere a rischio un'intera nave passeggeri?>

<Non siamo noi ad aver avuto questa idea, Fabien! Ma non rompermi le scatole con recriminazioni e insulti, dammi del tu, rimboccati le maniche e studia tutti i dati che hai ricevuto, vi è anche una novità inerente una leggera radiazione della quale ti farò immediatamente avere rapporto. Vedi se riesci a pensare a qualche cosa, muovi le chiappe e poi richiamami!>

Chiusi la comunicazione mandandolo al diavolo mentalmente!

<Grain invia a questo stronzo la registrazione del rapporto del Comandante della Beniet e portami quel cavolo di caffè!> Urlai!

Inserii i nuovi dati sulla mia consolle, poi... qualcosa mi ronzava in testa, ma mi mancavano delle informazioni....

Pensai ad una nuova prova: le particelle, riportate all'interno della Beniet, non causano altri guai, ma un manufatto? Finché è all'interno qualsiasi manufatto ha un comportamento normale, portato all'esterno inizia a sfogliarsi, e.. se riportato all'interno cosa fa?

Chiamai immediatamente la Beniet:

<Slim!> esordii <i robot usati per recuperare le particelle sono stati riportati all'interno della nave? In caso affermativo come si sono comportati? In caso negativo inviate un manufatto intatto all'esterno, attendete che inizi a sfogliarsi (a proposito, quanto tempo impiega a iniziare lo sfogliamento?) e poi portatelo in una camera stagna interna dove

eventuali danni vengano ridotti al minimo e studiate il suo comportamento, passo e chiudo.>

<Fabien al personal Arvin!> Mi apostrofò Grain portandomi un litro di caffè fumante e benvenuto.

<Ciao Fabien, allora?> dissi un po stancamente.

<Ho letto tutte le vostre informazioni Arvin, ok! Quello che penso lo sai discuteremo della tua maleducazione più tardi, ora diamoci da fare!>

La mia maleducazione? Lasciai perdere, non era il momento giusto!

Fabien continuò: <Ho valutato ogni cosa e chiamato il mio staff, francamente non so cosa dire, il modulo aveva operato correttamente, il motore era un po meno potente di quello della Fabien ma la sua massa inferiore, quindi alla fin fine, coadiuvato dall'acceleratore, era più veloce. Non si verificò nulla di strano, nessun fenomeno di sfogliamento ma *la radiazione era presente!* Non vi avevamo fatto caso più di tanto poiché era assolutamente insignificante ed essendo stata rilevata solo all'arrivo del modulo su Marte si pensò che fosse un fenomeno esterno, qualcosa che aveva investito il modulo durante il suo viaggio. Ora sappiamo che non era così. Ho chiesto i valori della radiazione, sono leggermente inferiori rispetto a quelli della Fabien : 76 sind virgola 998, ma lo spettro era lo stesso, quello dell'oro!

Ho chiamato Marte e richiesto di sapere immediatamente se la radiazione sul modulo è tuttora presente, in caso affermativo di misurarla nuovamente per evidenziare eventuali variazioni. Sarebbe interessante, anche se il tempo passato è forse troppo poco, sapere se le particelle recuperate dalla Beniet presentano sempre lo stesso livello di radiazione o se la stessa sta decadendo. All'interno del modulo non vennero rilevate radiazioni, solo all'esterno, anche per questo pensammo ad un fenomeno non correlato all'esperimento. Il modulo aveva una lunghezza di sei metri, l'acceleratore era identico a quello collegato al motore della Beniet, con una lunghezza di 200 metri, avete copiato bene!>

Lo interruppi: <Fabien, fammi avere immediatamente i dati esatti relativi alla massa del modulo e del vostro acceleratore, stai facendo un buon lavoro.>

<Ok Arvin, vedi anche tu di fare un buon lavoro, a più tardi.> E chiuse bruscamente la comunicazione.

Richiamai ancora la Beniet per avere le informazioni richieste da Fabien inerenti un eventuale decadimento del livello delle radiazioni, anche se in precedenza non era stato rilevato, era comunque passato un po di tempo, non guastava verificare ancora, non si può mai sapere!

<Grain, appena Fabien ha i nuovi dati inseriscili sulla consolle, Norton chiama la Serniet e fatti dare le informazioni esatte inerenti la massa attuale della Beniet e dell'acceleratore, compresi passeggeri e bagagli e inseriscili nella mia consolle, Elisabeth prendi il mio posto vado un momento a parlare con Ford!>

Lo trovai nel suo ufficio a parlare al suo personal.

<Ford!> esordii, mi fece segno di tacere, guardai incuriosito il personal e vidi qualcosa che mi colpì particolarmente, non una persona ma un drago che sputava stelle, Ford stava parlando con l'**Agenzia**!

Farfugliò ancora qualcosa, convenevoli più che altro, poi chiuse la comunicazione e mi guardò dicendo:

<Dimentica quello che hai visto Arvin, è bene avere l'aiuto di tutti, specialmente in caso di disastro... cosa vuoi?>

Relazionai a Ford ogni cosa poi:

<Hai qualche idea capo?>

<Tu chiedi a me se ho qualche idea?> rispose astio <Allora siamo veramente nei guai! Non ho tempo di avere idee cazzo!!! La cosa sta trapelando, devo tenere buoni tutti. Corrado è bravo ma il nostro Governo comincia ad agitarsi, la Serniet è a maggioranza governativa, sarà a loro che si darà la maggiore responsabilità. Mi hai fatto chiamare Fabien e quello certo non sta zitto! L'Unione Europea si sta chiedendo se siamo amici oppure no visto che copiamo allegramente i loro esperimenti e dato che siamo noi ad avere sollevato la patata bollente sarà bene trovare soluzioni e presto! Mi chiedi cosa ne penso, c'è ovviamente qualche correlazione fra la massa della nave e l'acceleratore di particelle, serve a qualcosa?>

Restai interdetto. Ero circondato da gente in gamba: Fabien, Slim, Ford, i miei collaboratori, gente in gamba!

<Si capo!> risposi <serve... serve eccome.> ... Qualcosa mi ronzava in testa...

Grain arrivò trafelato:

<Arvin, la Beniet, presto!>

Corsi al personal dove Elisabeth mi diede in fretta il suo posto.

Non c'era il Comandante Slim ma un uomo di colore che non conoscevo, sentii un brivido sulla schiena!

<Sono il primo ufficiale Anton Sendela, sostituisco il Comandante Pensier> esordì <il comandante è morto!....>

*(ieri)*

Jennifer e Anna, con le loro smaglianti uniformi, stavano sorseggiando un drink insieme alle due nuove conquiste: il tenente Kevin Clerice, ufficiale in forza alla Beniet, e il signor Denis Blonded, ingegnere destinato ai satelliti di Saturno.

Era passato più di un mese dalla loro partenza, ma non si annoiavano. Dopo aver fatto mille congetture sulla loro nuova destinazione, avevano pensato bene di non aver null'altro da fare che divertirsi, cosa che era avvenuta con ben 16 fra uomini e donne conosciuti durante il viaggio. Kevin e Denis erano già amici delle due ma... non li avevano ancora provati...Ambedue decisamente muscolosi, Kevin d'origine africana, un buon metro e novanta! Denis dieci centimetri più basso, bianco quasi albino, capelli e occhi compresi!

Il salone era gremito di gente, vi era una leggera gravità artificiale distribuita in modo abbastanza uniforme su tutta la nave, ricordava abbastanza l'ambientazione lunare per cui le due donne erano perfettamente a loro agio.

Si erano seduti vicino al cosiddetto "belvedere", una parete dove si aprivano numerosi schermi larghi più di un metro, attraverso i quali si poteva ammirare il firmamento.

I quattro stavano parlando del più e del meno, con la prospettiva di arrivare, entro la fine della "giornata", tutti quanti nello stesso letto.

Erano ormai vicini alla conclusione quando Denis intervenne:

<Guardate! Guardate là fuori!>

Il gruppetto si voltò incuriosito verso l'oblò prospiciente al loro tavolo.

<Incredibile!...> esclamò Anna, gli altri tacquero stupiti. Davanti a loro sembravano arrivare dallo spazio profondo centinaia e centinaia di piccole stelle che scorrevano veloci dalla prua della nave per disperdersi alle loro spalle!

<Cosa cavolo...> Intervenne Kevin.

Lo spettacolo era meraviglioso ma piuttosto inquietante, restarono a guardarlo per alcuni minuti poi Jennifer chiese:

<Cosa pensate che sia?>

<Non ne ho idea> disse Kevin <ma forse è meglio che vada ad informarmi, non sono in servizio, se non ci sono problemi ci rivedremo qui, diciamo fra mezz'ora, d'accordo?>

I tre annuirono e Kevin li lasciò per recarsi verso la sala comando.

Passò più di un'ora quando Kevin, finalmente, ritornò:

<Non sono riuscito ad arrivare alla sala comando, ma mi hanno richiamato in servizio, scusate, se saprò qualcosa vi informerò>

Disse con una curiosa espressione, appariva quantomeno perplesso.

Nel frattempo il fenomeno era stato notato ed i passeggeri si erano tutti accostati al belvedere; commentavano stupiti, ma anche ammirati, il fenomeno che continuava stabilmente davanti a loro. In effetti era sorprendente e grandioso, il vuoto circostante la nave era tutto illuminato dalle miriadi di particelle illuminate dal sole, era così bello da destare sentimenti di meraviglia, non certo di paura.

Non così per Jennifer che commentò fra sé: <Una cosa del genere non l'ho mai vista, né di persona né nelle registrazioni, cosa cavolo può essere?>

Un brivido di paura, quasi un presentimento, le fece accapponare la pelle!

Capì che il loro programmino era per lo meno rimandato, con un cenno fece capire ad Anna di appartarsi in qualche angolo più tranquillo, poi si rivolse a Denis:

<Scusa caro, ci vediamo più tardi, noi andiamo un momento in cabina, ciao...> Concluse con una leggera carezza.

Denis, un po a malincuore le salutò.

Anna e Jennifer entrarono nella loro cabina e accesero il monitor personale dal quale si poteva vedere, sia pure non con la grandiosità del belvedere, l'esterno della nave.

Il fenomeno continuava imperterrito:

<Cosa credi che sia?> chiese Jennifer ad Anna.

Quest'ultima restò pensierosa, continuando a guardare il monitor, poi:

<Proprio non saprei ma sicuramente vi sarà una spiegazione molto semplice vedrai.>

<Speriamo che non sia troppo semplice!>

Restarono a lungo a guardare il fenomeno poi:

<Che dici se andiamo a mangiare qualcosa?> Disse Anna.

<Non ho molta fame, mi si è chiuso lo stomaco, ma comunque ti accompagno.>

<Bene, andiamo! Digiunare non serve a niente!> Tagliò corto Anna sempre molto pragmatica.

Tornarono nel salone gremito di gente che commentava e parlava forte fra di loro, c'era una grande confusione!

Le due riuscirono a trovare un tavolino appartato nella zona ristorante, i camerieri erano piuttosto indaffarati ma, alla fine, riuscirono ad avere qualche cosa da mettere sotto i denti. Anche Jennifer si decise a mangiare qualche cosa. I commenti si intrecciavano e le ragazze li ascoltavano distratte.

Finita la loro cena non si alzarono ma restarono in quell'angolo, relativamente tranquillo, a rimuginare sull'accaduto.

In quella tornò Kevin che, aiutato da un microfono posizionato al centro della sala, apostrofò i passeggeri:

<Silenzio, prego, silenzio! Devo darvi una comunicazione dalla Sala Comando, silenzio!>

Lentamente i passeggeri reagirono e si girarono attenti verso Kevin.

Jennifer commentò sommessa:

<Strano, una comunicazione dalla sala comando, normalmente, viene data attraverso il circuito chiuso, non di persona!>

<Forse il fenomeno è tale da far preferire un intervento diretto> aggiunse Anna, poi anche loro si zittirono.

<Il Comandante informa> esordì Kevin <che il fenomeno, al quale state assistendo, per quanto insolito e raro, è assolutamente innocuo. Si tratta di un vasto campo di polvere interstellare che stiamo casualmente attraversando, la polvere appare leggermente

magnetica e attratta dallo scafo della nave. Man mano che la attraversiamo viene sollecitata dalla luce solare, per questo diventa luminosa. Il Comandante vi invita a godervi lo spettacolo! Grazie.>

Erano ormai quasi sei ore da quando si era evidenziato il fenomeno: <Deve essere un campo di polvere molto vasto, perché non è stato evidenziato prima?> Commentò Jennifer parlando con l'amica.

<Non so> rispose quest'ultima <effettivamente è strano, se il fenomeno continua a lungo il campo di polvere deve essere veramente molto grande e difficilmente può essere sfuggito all'osservazione!>

Jennifer e Anna restarono a lungo nel salone, pensando, sempre più perplesse, alle implicazioni dello stesso. Si stava facendo tardi per cui rientrarono nella loro cabina. A differenza degli altri passeggeri, erano piuttosto meste, niente affatto eccitate da quanto avveniva! Faticarono a prendere sonno...

La "mattina" dopo, appena sveglie, accesero immediatamente il loro monitor e scoprirono con stupore che il fenomeno continuava!

<Non può essere!> Quasi gridò Anna.

<Il campo è troppo grande, non è possibile che non sia conosciuto e osservato in precedenza!> Commentò preoccupata Jennifer.

Fecero colazione in camera tenendo il monitor sempre acceso, la nube continuava ad illuminare la notte interstellare!

In quella suonò il cicalino della porta, era Denis!

<Ragazze> esordì <si sta organizzando una festa con tanto di "fuochi artificiali" naturali, che ne dite di venire al belvedere?>

<Vai avanti Denis> rispose Jennifer <ti raggiungiamo.>

Poi si rivolse ad Anna: <Una festa?>

<Già, non è una bella cosa?> rispose l'amica.

Jennifer restò un attimo in silenzio, poi: <Certo, ma puzza.... puzza troppo, andiamo, vediamo se troviamo Kevin>

Quasi tutti i passeggeri erano già nel salone, gli inservienti l'avevano addobbato molto bene e stavano preparando un buffet fantastico. Vicino al bar si stava organizzando un'orchestra. Un'orchestra vera! La luce era soffusa per cui dai grandi oblò si poteva vedere bene il fenomeno che continuava imperterrito.

Jennifer commentò: <C'è qualcosa di marcio Anna! Se il fenomeno non è conosciuto e circoscritto potrebbe cessare in qualsiasi momento; invece qui sembra siano sicuri che il fenomeno non cesserà affatto!>

Cercarono Kevin ma non lo trovarono da nessuna parte, riconobbero però il secondo ufficiale che passava per il salone piuttosto trafelato. Lo raggiunsero a fatica e chiesero se fosse possibile trovare Kevin.

<L'ufficiale è momentaneamente occupato> rispose con un sorriso un po tirato, <appena sarà fuori servizio lo informerò che lo state cercando.>

Il secondo appariva piuttosto stanco, le occhiaie rivelavano che non aveva dormito! Jennifer e Anna erano sempre più perplesse!

Restarono a lungo nel salone approfittando anche del buffet. L'orchestra aveva iniziato a suonare. Trovarono Denis che le invitò, a turno, a ballare, ma Kevin non si vedeva né nessuno degli ufficiali della nave, solo gli inservienti! Strano per una festa! Jennifer non era tipo da restare tranquilla molto a lungo!

<Anna> sbottò <andiamo a cercare qualcuno, se quella è polvere normale io sono un bisonte!>

Anna era un tipo più tranquillo e comunque trovava che il paragone con un bisonte, nel caso di Jennifer, fosse abbastanza calzante; le rispose:

<Stai serena Jennifer, cosa vuoi fare? Godiamoci questa festa!>

<Voglio andare in Sala Comando Anna! Voglio risposte sensate! Non ci credo! Non credo assolutamente a tutto questo!> Rispose Jennifer piuttosto bruscamente.

<Che cavolo! I passeggeri non possono accedere alla sala comando!> disse Anna <Come pensi di fare? Non creiamoci grane!>

<Siamo due ufficiali di livello 3 dell'**Agenzia** non dimenticarlo!> Ringhiò Jennifer <Possono darci ascolto!> dopo un momento continuò:

<Anna! Abbiamo un ordine di livello 1, dobbiamo andare su Marte! Non so cosa sta succedendo ma potremmo non arrivarci mai. Se c'è una crisi possiamo renderci utili, dobbiamo arrivare su Marte! Lo capisci?>

<Ok Jennifer> rispose un po sommessamente Anna <andiamo, speriamo di non renderci ridicole! Comunque romperemo le scatole e se hai ragione tu... diamoci da fare!>

Arrivarono indisturbate fino all'ingresso della sala comando, il che anche era sorprendente. Troppe cose strane!

Ma arrivate all'ingresso trovarono una nuova sorpresa: due ufficiali della Beniet che non conoscevano e per di più armati!

Le armi erano, a quel tempo, una vera rarità, figuriamoci poi in una nave interplanetaria in pieno volo!

Jennifer capì di aver ragione!

<Desideriamo conferire con il comandante!> Esordì piuttosto bruscamente.

I due ufficiali restarono imperturbabili, evidentemente non troppo impressionati dalle uniformi di terza classe dell'**Agenzia**.

Uno di loro rispose:

<Il Comandante non può essere disturbato!>

<Ditegli che due ufficiali dell'**Agenzia** desiderano parlargli, è urgente!> Insistette Jennifer senza scomporsi più di tanto.

I due restarono un momento in silenzio, poi...

<Accomodatevi in sala d'aspetto, se esce qualcuno dal Comando lo informeremo della vostra richiesta, neppure noi possiamo entrare, attendete!>

<Non abbiamo tempo, informate subito il Comandante!> Insistette ancora Jennifer.<Dovete aspettare!> Ordinò l'ufficiale toccando con ostentazione l'arma che aveva alla cintura.

Anna capì che la situazione rischiava di precipitare e cercò di calmare la focosa amica. <Vieni Jennifer, abbiamo ottenuto qualcosa, non insistere di più, prima o poi qualcuno dovrà pure uscire!>

Così le due si accomodarono nella saletta adiacente ma tenendo d'occhio la porta della Sala Comando.

Passò oltre un'ora e, finalmente, qualcuno uscì: era il primo ufficiale!

Anna e Jennifer non lo conoscevano ma, compresero subito che doveva essere un pezzo grosso dall'atteggiamento delle due guardie che salutarono militarmente.

Il primo ufficiale si mosse rapidamente senza dare il tempo alle guardie di intervenire, ma anche Jennifer fu lesta e lo fermò:

<Siamo due ufficiali dell'**Agenzia** Signore> esordì senza mezzi termini <desideriamo conferire con il Comandante a causa della crisi che stiamo passando.>

L'ufficiale, un negro piuttosto alto e belloccio, restò un attimo interdetto, poi:

<Il comandante è occupato, riferirò comunque la vostra richiesta, aspettate qui!>

E se ne andò per i fatti suoi.

Non restava altro che aspettare.

Passò un'altra ora, Jennifer cominciava a schiumare ed a valutare la possibilità di aggredire le due guardie, quando il primo ufficiale tornò piuttosto trafelato. Lo fermò e:

<Signore, stiamo perdendo del tempo, avverta subito il Comandante!>

L'ufficiale la guardò piuttosto seccato poi annuì ed entrò in Sala Comando chiudendola subito alle sue spalle.

Fecero ancora quasi un'ora di anticamera, ormai Jennifer cominciava a dare i numeri, si avvicinava spesso alle guardie, anch'esse palesemente stanche, quasi ad attendere un solo istante di distrazione per disarmarle! Le guardie stesse apparivano sempre più nervose e la situazione rischiava di precipitare da un momento all'altro quando la porta si aprì nuovamente.

Fece capolino il Comandante in persona che ringhiò:

<Entrate!>

# 5

*(ieri)*

Restai annichilito, il Comandante era morto! Ma la trasmissione continuava:

<Abbiamo messo in atto la sua richiesta di ricercare particelle staccate dall'acceleratore.

Sono stati fatti tre tentativi con mezzi robotici ma non sono riusciti anche a causa delle delicatezza dell'intervento, occorreva un approccio umano. Allora il Comandante in persona decise di intervenire. Non voleva chiedere volontari per quella che, quasi certamente, appariva una missione suicida. Erano già stati usati numerosi robot per raccogliere particelle da altre zone dello scafo e diversi esperimenti. Il Comandante diede ordine di espellere dalla nave altri manufatti e di monitorarli con estrema precisione, per cui ora sappiamo che un qualunque manufatto, indipendentemente dal materiale, metallico o no, anche organico, quando viene espulso dalla nave inizia a sfogliarsi esattamente dopo 157,45 secondi! Il Comandante ha fatto preparare una tuta particolarmente potenziata, avrebbe avuto, grazie alla nuova tuta, quattro minuti prima che la protezione cedesse. Il tempo non era sufficiente per arrivare all'acceleratore, raccogliere le particelle e rientrare! Inoltre il Comandante voleva approfittare di questa "passeggiata" per verificare la funzionalità dell'acceleratore dall'esterno.

Come da lei suggerito, avevamo informato di ogni cosa i due ufficiali dell'**Agenzia**, una di loro: Jennifer Patel, ha suggerito di utilizzare un modulo anch'esso corazzato. La Patel è uno dei migliori piloti di navette e moduli dell'**Agenzia**, si offrì come volontaria per pilotarlo, portare sul posto il Comandante e riportarlo all'interno della nave con i campioni presi dall'acceleratore. Chiese, inoltre, di avere anche lei una tuta potenziata a disposizione per qualsiasi evenienza. Il Comandante approvò il piano e diede a me il comando in attesa del suo rientro.

Il modulo uscì dalla nave e si accostò all'acceleratore, la Patel dimostrò molta destrezza nell'operazione. Il Comandante uscì con la tuta ed entrò nei comparti esterni dell'acceleratore. Pareva non vi fossero intoppi, in 136 secondi il Comandante portò a termine l'operazione, aveva quasi due minuti a disposizione e decise di utilizzarne una parte per verificare l'acceleratore dall'esterno. Impiegò meno di un minuto e trasmise via radio le sue valutazioni: l'acceleratore non mostrava alcuna disfunzione! Si avviò per rientrare nel modulo quando iniziò improvvisamente a sfogliarsi con una rapidità straordinaria. Le ultime parole del Comandante furono l'ordine di calcolare con esattezza la velocità dello sfogliamento ed il momento esatto in cui era iniziato! Obbedimmo al suo ultimo ordine: lo sfogliamento era iniziato regolarmente e, come sempre, dopo 157,45 secondi esatti; la tuta potenziata dava comunque al Comandante ancora tempo prima che divenisse fatale, ma lo sfogliamento è sei volte più veloce del normale! L'acceleratore è disposto in coda rispetto al corpo della nave ed ha un'armatura molto più grossa di ogni altra parte esterna della Beniet, compreso il motore, per cui la maggiore velocità dello sfogliamento non era stata avvertita in precedenza! Il Comandante restò esposto allo spazio esterno e morì rapidamente. A questo punto la Patel uscì dal modulo e recuperò in pochi secondi il corpo del Comandante ed i campioni raccolti. Ritornò velocemente all'hangar del modulo dove, per mio ordine, restò insieme al corpo del Comandante, allo scopo di monitorarne gli effetti, in ottemperanza ad una sua richiesta dove suggeriva di far uscire nello spazio un manufatto intatto, attendere che si sfogliasse per poi riportarlo in una zona protetta allo scopo di capire se lo sfogliamento continuasse o meno. Solo che il manufatto è il Comandante stesso! Inoltre la Patel è rimasta nel modulo, questo, secondo lei, può aiutarci meglio a capire se il fenomeno potesse in qualche modo coinvolgerla! Abbiamo recuperato i campioni e li abbiamo analizzati. Ho atteso di avere tutti i dati prima di chiamarla ed ecco le conclusioni:

Nei pressi dell'acceleratore il metallo si sfoglia ad una velocità 6,3 volte più rapida che da tutte le altre parti esterne della nave. Un manufatto che si stia sfogliando, una volta riportato all'interno della nave, continua a perdere particelle ma ad una velocità "normale". Del Comandante è rimasto ben poco, la Patel sta dimostrando un coraggio straordinario, non deve essere molto bello lo spettacolo che la circonda, comunque non ha subito alcun danno o disturbo rilevabile. Una volta che lo stesso manufatto si è sfogliato completamente il fenomeno si estende alle sue immediate vicinanze anche se è all'interno della nave! Deve essere un fenomeno correlato alla massa, poiché le singole particelle portate dentro la nave non hanno prodotto alcun danno. La Patel si tiene a debita distanza dal fenomeno, le abbiamo chiesto di uscire dal modulo per evitare che lo sfogliamento coinvolga anche lei ma si rifiuta. I campioni raccolti sull'acceleratore hanno una radiazione simile agli altri ma 1,8 volte superiore, per il resto non presentano particolari caratteristiche. Le particelle raccolte in precedenza non presentano segni di decadimento radioattivo misurabili. Un oggetto esposto all'esterno per un tempo inferiore a 157,45 secondi, una volta rientrato nella nave, non subisce il fenomeno di sfogliamento né vi si rileva alcuna forma di radiazione, evidentemente il fenomeno non ha il tempo di "attecchirsi", l'abbiamo provato analizzando la tuta potenziata della Patel che, quando aveva recuperato il corpo del Comandante, era uscita all'esterno per 118 secondi.>

Anton fece una pausa.... poi:

<Il Comandante, prima di uscire per la missione, mi ha lasciato un messaggio per lei: "se non dovessi farcela dica ad Arvin di scusarmi ma non ho potuto restare sempre a sua disposizione come voleva! Gli dica anche di salvare la mia nave!". Chiedo, a questo punto, il permesso di spegnere i motori e l'acceleratore! Passo e chiudo.> Concluse.

Restai in silenzio; sulla Beniet vi erano degli eroi!

Il tarlo che mi ronzava da tempo in testa si concretizzò! Sapevo cosa era accaduto! Ora si trattava di porvi rimedio, mi mancava ancora un piccolo tassello e forse...<Elisabeth inserisci i dati pervenuti dalla Beniet nella mia consolle, presto! Grain chiamami quello stronzo di Fabien!> Urlai!

Mi riaccostai al personal e chiamai la Beniet:

<Anton, non spegnete i motori, né l'acceleratore! Ripeto, assolutamente non spegnete né i motori né l'acceleratore! Ho ragione di credere che se lo fate il fenomeno diventa irreversibile, lo prova il manufatto ed il modulo stesso che, portati all'interno della nave, continuano a subire lo sfogliamento e lo trasmettono alle zone circostanti. Dite alla Patel di uscire subito dal modulo, crepare non servirebbe a niente, fatela uscire con la forza se necessario! I motori e l'acceleratore sono l'unica possibilità che abbiamo di bloccare il fenomeno, in particolare l'acceleratore che, ho ragione di credere, se spento non riuscirete a riaccendere e che, come ha prodotto il fenomeno, può bloccarlo, accelerarlo o ridurlo! Attendete nuove disposizioni ma non spegnete nulla! Passo e chiudo.>

Mancavano solo 14 ore al collasso!

<Fabien attende per essere collegato al tuo personal.> mi avvertì Grain.

<Ok> confermai <collegalo!>

<Arvin, stavo per chiamarti.> esordì Fabien.

<Hai novità?> chiesi.

<Si: ho già passato a Grain i dati sulla massa del modulo e dell'acceleratore, inoltre ho i dati sul decadimento della radiazione trovata sul modulo. La radiazione ha un processo di decadimento rapido, dopo solo tre giorni era completamente scomparsa dal modulo, restò ancora qualche ora sull'acceleratore prima di scomparire definitivamente. Interessante il fatto che la radiazione del modulo, rispetto a quella dell'acceleratore, era inferiore.

Purtroppo non erano stati presi dati più precisi, devi pensare che si era convinti che la radiazione fosse un fatto esterno e di poco conto, spero che queste informazioni possano essere utili!>

<Certo Fabien!> risposi <dovrebbe bastare, ti farò sapere.>

<Ce la farai Arvin?> sembrava più addolcito ora che aveva ben digerito la portata della crisi.

<Forse Fabien, forse...> Chiusi la comunicazione.

<Grain,> dissi <hai inserito i dati di Fabien nella mia consolle?>

<Già fatto Arvin> confermò Grain.

<Norton> continuai <hai quei dati sulla massa chiesti alla Serniet?>

<Te li sto trasferendo in questo momento!>

<Bene! Elisabeth fai digerire da tutti i computer dell'Enterprise i dati immessi nella mia consolle, io vado a parlare con Ford.>

Ford era sempre nel suo ufficio, davanti aveva una serie notevole di ciambelle e del caffè. Me ne servii, poi:

<Ford, abbiamo tutti i dati in mano, so cosa è accaduto!>

Mi guardò in silenzio, continuai:

<Naturalmente è stato l'acceleratore...sono intervenuti due fattori: innanzitutto valuta come era stato condotto l'esperimento dagli europei. Avevano una piccola navetta costruita apposta, un modulo con un motore nuovo. L'hanno attaccato ad un gigantesco acceleratore, gigantesco in relazione al modulo stesso. Il primo fattore era dato dal rapporto di massa fra il modulo e l'acceleratore decisamente favorevole a quest'ultimo. Il secondo fattore era il motore nuovo! Un motore che non aveva nessun tipo di usura! Era nuovo!>

Ford si agitava, sembrava volesse intervenire ma lo bloccai:

<Lo so Ford! Nello spazio vuoto l'usura è ridotta quasi a zero, ma quando si interagisce con un acceleratore di particelle che sollecita gli atomi quest'ultimo può riconoscere gli atomi, diciamo, usurati!

Da tempo ho in mente il problema. E' come un vecchio motore d'auto! Nel caso del modulo il motore doveva solo essere rodato, avrebbe ingranato la prima, poi la seconda, quindi la terza ed infine la quarta sempre sollecitato dall'acceleratore. Nel caso della Beniet il motore era vecchio, abituato, o meglio i suoi atomi abituati ad una accelerazione che lo avrebbe portato solo fino alla terza marcia, ma l'acceleratore, per la prima volta, lo ha spinto in quarta! La nave, da un lato, ha perso potenza, dall'altro ha aumentato la sua velocità sempre sollecitata dall'acceleratore di particelle che si scontrava con i due assunti: perdita di potenza e maggiore velocità. Due assunti contrari che, con il tempo, hanno finito per produrre una radiazione misurabile! La radiazione varia in rapporto alla potenza del motore ed alla massa, ma varia in modo poco sensibile. Nel caso del modulo la radiazione era presente ma leggermente minore a causa del "rodaggio" del motore, ma non ha fatto in tempo a "sensibilizzare" la struttura atomica del modulo stesso sia perché era inferiore, sia perché il rapporto di massa fra il modulo e l'acceleratore era decisamente in favore di quest'ultimo. Una volta arrivati su Marte ha interagito la massa del pianeta e la radiazione era rapidamente scomparsa. Di per sé la radiazione è innocua ma agisce come un "veicolo" per l'acceleratore di particelle che, in sfavore di massa, cerca di bilanciarla agendo sulle strutture atomiche esterne e, via via, anche interne se ne ha il tempo, finché le due masse si equivalgono! Questo è quanto accade alla Beniet! Fermare l'acceleratore significherebbe accelerare il processo per equiparare rapidamente le due masse, non ho dati sufficienti ma credo che il processo agirebbe alla velocità della luce!

Fermare il motore vorrebbe dire confermare all'acceleratore che ha ragione e, non avendo una "valvola di sfogo" probabilmente il processo di disgregazione sarebbe più rapido.

Inoltre la radiazione è la vera "usura" del motore, anzi di tutta l'astronave, troppo debole per penetrare nelle armature metalliche agisce in superficie e, per penetrare, coadiuvata dalle particelle subatomiche "sensibilizzate" dell'acceleratore, riduce progressivamente la massa "rosicchiando" la superficie della nave.>

Tacqui, restammo a lungo in silenzio, poi:

<Hai una soluzione?> Chiese Ford.

<Si!> feci una pausa, poi: <Occorre aiutare l'acceleratore!>

<Che vuoi dire?> disse Ford.

<Occorre fare in modo che la massa della nave si equivalga a quella dell'acceleratore e abbiamo meno di dieci ore per farlo!>

<E come maledizione pensi di farlo?> sbottò Ford al limite dell'isterismo.

<Nella mia consolle vi sono tutte le informazioni necessarie, Elisabeth sta facendo marciare tutti i computer dell'Enterprise, dovremmo già avere dati sufficienti. In relazione a quei dati occorre eliminare tutta la massa in più dalla nave senza toccare il motore né l'acceleratore!>

<Perché si incazzerebbero se li toccassimo!> disse Ford.

<Già!> Confermai.

<Questa è la tua soluzione?>

<Si!> Confermai ancora.

<Ok! Che devo fare, procedi.... e cosa accadrà, secondo te, a quello che resterà della Beniet?>

<La radiazione persisterà> risposi <ma sarà totalmente innocua, l'acceleratore, trovata parificata la massa, non la userà più come veicolo di sollecitazione atomica che produce attualmente il fenomeno dello sfogliamento. La Beniet proseguirà la sua corsa verso Marte. Se non dovremo eliminare troppe cose i passeggeri dovrebbero sopravvivere, suggerirei di inviare una spedizione di soccorso, in un mese può arrivare, Marte è a due mesi di distanza, troppo lontano per portarci tutti. La spedizione potrà raccogliere i passeggeri superstiti e parte dell'equipaggio. Qualcuno sarà bene resti sulla nave per portarla su Marte. La nave dovrà scendere sul pianeta per eliminare ogni residuo di radiazione e permettere di spegnere l'acceleratore. Ho ragione di credere che se si spegnesse l'acceleratore o il motore occorrerebbe eliminare una massa superiore, nella mia consolle vi sono i dati e i computer li stanno estrapolando per avere una misurazione esatta. Per spegnere l'acceleratore e, o, il motore occorre una massa che sia all'incirca la metà di quella dell'acceleratore, altrimenti il processo di sfoliazione riprenderà! Ritengo sia meglio eliminare la massa in esubero rispetto a quella dell'acceleratore che eliminarne ancora di più solo per spegnere i motori. Già in questo modo non so se avremo spazio e strutture vitali sufficienti per tutti!>

Ford si mise le mani sulla testa e mi guardò, poi: <Credo occorrerà sbrigarsi!>

<Si capo! Ma ora tocca a lei. Deve trovare i mezzi di soccorso e li mandi al rendevous con la Beniet, quest'ultima continuerà la sua corsa verso Marte, la Serniet potrà darle i dati per il rendevous. Io vado a fornirle le informazioni relative alla massa in esubero che occorrerà eliminare, chiami il nuovo comandante e dia disposizioni in merito, meglio che lo faccia lei!>

<Il nuovo comandante?> Chiese Ford.

Non mi ero reso conto che Ford non conosceva quanto era accaduto, glielo spiegai.

<E 'stata colpa mia capo, non dovevo fare quella richiesta!>

<Non potevi fare altrimenti Arvin! Ora diamoci da fare!> Concluse Ford.

La Beniet era lunga due Km, l'acceleratore duecento metri! Per fortuna l'acceleratore di particelle era pesantemente schermato e questo aumentava in modo considerevole la sua massa. Il motore della Beniet non poteva esser eliminato e, da solo, aveva un quarto della massa dell'acceleratore. Poi restavano i mezzi di sussistenza, senza aria, cibo e acqua almeno per un mese, era inutile cercare di salvare i passeggeri!

Avevo i dati li fornii a Ford, era possibile, ma non era certo che tutti ce l'avrebbero fatta: 340 persone avrebbero dovuto convivere in un'area lunga 100 metri e larga 15 per un mese! Era possibile ma non si sarebbero scannati a vicenda?

Comunque ormai il mio lavoro era finito, andai a farmi una doccia ma restai a lungo all'Enterprise, volevo vedere come andava a finire!

*(ieri)*

<Sono matti!> Commentò Anna quando seppe che "cura" era stata preparata per la Beniet.

Jennifer si stava appena riprendendo, era stesa su una brandina opportunamente sistemata non lontano dalla Sala Comando. Per toglierla dal modulo l'avevano anestetizzata e portata fuori a forza! Logico che fosse anche piuttosto incazzata, ma le notizie sulla "cura" portate loro da Kevin la zittirono!

Quest'ultimo, dopo la morte del Comandante Slim Pensier, era diventato l'ufficiale in seconda e questa nuova responsabilità l'aveva reso decisamente meno simpatico, comunque sempre attraente. Disse:

<Vi aspettano in Sala Comando, seguitemi.>

Il Comando non era grandissimo e ospitava praticamente tutto l'equipaggio della Beniet, mancavano solo pochi inservienti, in tutto 33 persone comprese loro due in un'area piuttosto angusta.

Al loro arrivo il nuovo comandante fece chiudere la porta ed esordì:

<Suppongo siate stati tutti informati della situazione, vero?> I presenti tacquero, quindi continuò:

<Occorre equiparare la massa della nave a quella dell'acceleratore di particelle, anzi, ci viene suggerito un margine di sicurezza, per cui la massa sarà bene sia addirittura inferiore, sia pure leggermente, a quella dell'acceleratore. Non vi è molto tempo, per essere tranquilli dobbiamo farlo in cinque ore e mezza!> Tacque un istante per bere un bicchiere d'acqua, poi:

<Dovremo mantenere la Sala Comando, spostarla sarebbe troppo lungo e dovrà servire per la continuazione del viaggio fino a Marte; ma pochi arriveranno sul pianeta, due navi di soccorso sono partite per un rendevous con noi e arriveranno esattamente fra...>
Guardò un cronometro sulla sua consolle: <26 giorni e 14 ore!>

Un brusio si alzò dai presenti ma il Comandante li zittì:

<Vi prego di non commentare, non c'è tempo né per discussioni né per proposte, quello che vi dirò è stato già discusso con la Società armatrice, la Serniet l'Enterprise Limited e il Governo Nordamericano!

Vi darò degli ordini e mi aspetto vengano eseguiti alla lettera ed immediatamente! Il secondo distribuirà la piantina delle paratie che devono essere eliminate, useremo i corridoi e le salette prospicienti la Sala Comando per alloggiarci tutti quanti, l'area sarà lunga 100 metri e larga 15, non avremo molto spazio ma non ci sono alternative. Gli inservienti pensino a mettere le brandine necessarie, niente lenzuola né tanto meno coperte, se necessario i passeggeri dormiranno a turno! L'energia non manca e potremo mantenere qualsiasi temperatura. La Sala Comando è direttamente collegata al motore e all'acceleratore, ma occorrerà un supporto supplementare che potrà essere inserito grazie ad un robot che però deve essere portato da una navetta all'esterno della nave, mi occorre un volontario per questa operazione. In questa zona abbiamo cisterne e viveri d'emergenza, il secondo darà disposizione per integrare le scorte. Avremo a disposizione 5.000 litri d'acqua potabile, questo vuol dire circa mezzo litro d'acqua a testa al giorno.

L'acqua dovrà essere razionata, due ufficiali penseranno alla distribuzione giornaliera dell'acqua, la chiave della cisterna la terrò io! Dimenticatevi di lavarvi o di lavare qualche cosa. Le razioni alimentari sono altamente nutrienti e ne abbiamo a sufficienza per due pasti al giorno, sono tavolette altamente concentrate e senza alcun gusto, contengono una piccola concentrazione d'acqua che aiuterà ad evitare la disidratazione e permetteranno di vivere. Possiamo ricavare le toilette nella zona contrassegnata come "b" nella piantina che distribuirà il secondo. Verranno inserite 20 latrine, niente acqua né privacy. Le latrine sono autopulenti e, grazie all'energia che non ci manca, verranno tenute igienicamente perfette. L'aria sarà più che sufficiente, non vi sono problemi, e verrà riciclata continuamente. Nella sala che ricaviamo dall'eliminazione delle paratie, suggerisco di inserire su una parete un giga schermo a cristalli, il suo peso specifico è quasi nullo e potrà distrarci un poco. Nessuno potrà portare effetti personali, è totalmente escluso, tutte le cabine verranno disperse nello spazio e così bar e sale di intrattenimento, non resterà niente, solo la camera pressurizzata collegata a questo centro. Il problema di fondo sarà informare i passeggeri evitando il panico. Verranno informati solo all'ultimo momento e letteralmente rastrellati da dieci ufficiali armati. Dovranno convincere, se possibile con le buone, i passeggeri ad entrare nell'habitat che stiamo preparando, senza portare niente con loro, solo dopo aver completato tutte le operazioni si spiegherà loro cosa accade. Una volta conclusa questa fase le armi verranno custodite nella sala comando, due ufficiali resteranno sempre, insieme a me, al primo ufficiale ed al secondo, confinati in sala comando, per cui dovranno essere predisposte cinque brandine qui! Questo è quanto, non c'è tempo per dubbi o domande, datevi da fare!>

Restarono un attimo tutti sbigottiti dopo di che... fu l'inferno. Chi di qua, chi di là, tutti agirono con estrema efficienza e rapidità.

Anna era perplessa, come avrebbero convissuto così tante ed eterogenee persone in un ambiente così limitato e senza alcuna privacy?

<Finirà che ci scanneremo a vicenda!> Commentò.

Jennifer, più prosaica, le disse:

<Perché! E' un'ottima occasione per un'ammucchiata gigantesca, vedrai organizzeremo cose incredibili, ce lo ricorderemo per tutta la vita!>

<Speriamo che anche gli altri siano d'accordo!>

Jennifer lasciò l'amica e si avvicinò al comandante:

<Signore!> Disse <State cercando un volontario per la navetta, eccomi qua! Ho già dimostrato la mia competenza e... non ho voglia di montare latrine o togliere paratie!>

Il Comandante Anton sorrise, sia pure un po tirato, e disse:

<Ok, vieni con me!>

La portò direttamente ad un hangar dove era già stata predisposta una scialuppa con all'interno un piccolo robot che sarebbe stato comandato e seguito direttamente dal pilota. Vi era anche una tuta potenziata,

Anton si rivolse a Jennifer dicendole:

<Dovrai portare il robot al punto di assemblaggio fra l'acceleratore di particelle ed il motore. Il robot dovrà inserire un controllo radio che permetterà di monitorare meglio la nave direttamente dalla sala comando. Come vedi il robot ha già inserito il controllo radio, dovrà assemblarlo ad una piccola consolle protetta da una grossa armatura di piombo che dovrà essere asportata ed è facilmente visibile nel punto di congiunzione fra il motore e l'acceleratore; vedi queste pinze? Dovranno essere inserite in una tasca della consolle. Per tutta l'operazione, se porterai il robot al punto giusto e saprai guidarlo con precisione, saranno necessari circa due minuti, dopo di che il robot si "adagerà" sopra la consolle proteggendola dallo sfogliamento per il tempo necessario a bloccarlo. Se qualcosa andasse storto dovrai intervenire personalmente, per cui devi indossare la tuta potenziata.

Non partire subito, aspetta qui tre ore, indossa la tuta potenziata e passa il tempo ad esercitarti con il robot. Fra tre ore esatte parti e vedi di tornare. Tutto chiaro?>

Jennifer annuì e, con un grugnito, si accinse ad effettuare l'esercitazione. Tutto andò bene e non fu necessario aiutare il robot personalmente. Jennifer rientrò sana e salva e si trovò in pieno caos!

Era stata predisposta ogni cosa. Tutto era pronto per staccare dalla nave la massa da eliminare, cioè la maggior parte della nave stessa! Mancavano soltanto i passeggeri!

Il comandante ordinò a tutto l'equipaggio di trasferirsi nella sala già predisposta. Dieci ufficiali ed i cinque inservienti (questa era una novità) si armarono di tutto punto. Fu presto chiaro che i dieci ufficiali avevano il compito di rastrellare i passeggeri e i cinque inservienti quello di tenerli nella saletta!

Fu un caos indescrivibile ma, non si sa come, dopo 45 minuti tutti erano stipati come sardine nella nuova camerata!

A quel punto il comandante ordinò di abbandonare tutto quanto restava della Beniet! Le camere stagne vennero chiuse e sigillate, gli uomini armati restarono nella sala. Ancora nessuno sapeva nulla, ma le brandine predisposte in anticipo facevano pensare...

Molti i commenti, le proteste, le grida. Jennifer e Anna se ne stavano, prudentemente, tranquille. Denis le vide e si avvicinò:

<Dove eravate sparite?> Chiese, <sapete qualcosa di quanto sta succedendo?>

Le due erano in divisa e la gente intorno cominciava a guardarle sospettosa.

<Certamente adesso ci spiegheranno tutto.> Tagliò corto Anna.

Nel frattempo, in sala comando, si attendeva.

Passarono 10 minuti, poi 20, non succedeva niente di nuovo. Trentasette minuti dopo aver espulso la massa in eccesso rispetto a quella dell'acceleratore, quattro minuti prima del fattore critico, il fenomeno cessò! Ce l'avevano fatta!

Il comandante informò immediatamente del successo ottenuto sia i passeggeri (che però non capivano ancora niente) che l'equipaggio. Come da un ordine silenzioso i quindici uomini armati entrarono nella sala comando, tredici di loro ne uscirono ma senz'armi e accompagnati dal comandante Anton, era arrivata l'ora della verità!

Anton spiegò ogni cosa ai passeggeri con dovizia di particolari. Lo ascoltarono tutti in silenzio ma, quando terminò, scoppiò una vera rivoluzione!

"Dovevate avvertirci" - "La mia roba è tutta in cabina, pretendo di andarla a ritirare" - "Sbarcatemi immediatamente!" - "Come facciamo a restare qui un mese intero!" Questi alcuni dei commenti, urlati, più gentili e più comuni. Il comandante commentò, fra le urla, che almeno erano vivi! Ma non sembrava che questo interessasse i presenti più di tanto.

Ci vollero due giorni, due giorni d'inferno, per calmare gli animi. Per fortuna vi fu solo qualche contuso leggero, e tre braccia rotte (si sospetta che due fossero state causate da Jennifer) poi, per amore o per forza, i passeggeri parvero rassegnati.

Dovevano passare ancora 24 giorni e già la puzza era poco sopportabile, ma non per Jennifer e Anna, abituate a questo e altro. Fu così che, forse per passare il tempo, forse per perversione, le due ragazze cominciarono a muoversi nude fra tutti i passeggeri, fermandosi spesso e volentieri ad accarezzare ed accettare carezze...

Nel complesso non fu un periodo poi così terribile e noioso. Vi furono sì due piccole sommosse a causa dell'acqua (quasi prevedibili) che portarono ad altre quattro braccia rotte e pochi contusi, ma, a parte questo, l'orgia coinvolse non meno di 120 persone fra passeggeri ed equipaggio e contribuì molto a calmare gli animi anche di quelli che non partecipavano (quantomeno guardavano!)

Arrivarono i soccorsi. A Jennifer e Anna quasi dispiacque. Tutti i passeggeri erano sani e salvi e furono trasbordati sulle due navi giunte al rendevous. Insieme a loro partirono gli inservienti e venti ufficiali della Beniet. Restavano il comandante, il primo ufficiale, il secondo e pochi altri. Le due navi di salvataggio portarono su quello che restava della Beniet acqua e viveri; chi restava avrebbe vissuto bene!

Jennifer e Anna stavano anch'esse trasbordando quando giunse improvvisamente Kevin che le chiamò piuttosto trafelato:

<Presto! venite in sala comando!>

Altre grane! pensarono le due ufficiali dell'**Agenzia**.

Giunte in sala comando trovarono Anton ed il primo ufficiale. Anton le apostrofò senza mezzi termini:

<Voi non partite, restate con noi!>

<Cos'è un rapimento?> Commentò Jennifer fra il serio ed il faceto <volete due donne per passare il prossimo mese in buona compagnia?>

<No!> sorrise Anton, <anche se l'idea non ci dispiacerebbe. E' arrivato un messaggio dalla Società armatrice della Beniet che chiede di portarvi su Marte insieme a noi. A quanto pare qualcuno non vuole che ritardiate!>

L'**Agenzia**, capirono le ragazze. L'**Agenzia** aveva le mani lunghe e non mollava la sua presa, cosa volete che sia un disastro di fronte alla necessità di avere puntualmente i suoi uomini (o donne)?

Fu un mese piacevole e... arrivarono su Marte puntualissime!

*(ieri)*

Era passato quasi un anno dalla crisi della Beniet, il mio lavoro continuava senza particolari intoppi, avevo solo notato che venivo ascoltato con maggiore attenzione ma, per il resto, non era cambiato niente!

In realtà il mio era un lavoro abbastanza monotono, grazie al cielo casi come la Beniet erano molto rari, per lo più dovevo monitorare piccole variazioni sulla tenuta di questo o quel motore, valutare idee spesso ridicole di personaggi misteriosi e leggere centinaia di scartoffie che qualche demente riteneva potessero avere qualche idea utile.

Sandra mi aveva, giustamente, piantato già da tempo e non avevo ritenuto dover cercare di rovinare la vita a qualche altra femmina se non per pochi e saltuari rapporti occasionali nei quali sicuramente chi ne aveva beneficiato erano soltanto le mie gonadi. Continuavo a bere come una spugna, evidentemente la mia vita non mi soddisfaceva più di tanto. Il caso della Beniet non mi aveva portato alcun beneficio né notorietà, anzi quando si sollevava l'argomento ero indicato come quello che aveva distrutto una magnifica nave interplanetaria riducendola a poco più di una navetta porta-bestiame! Diverso il caso di Ford, il mio capo, e della Enterprise Limited che mi pagava sempre lo stesso stipendio. Tutti i vantaggi andarono alla Società della quale io ero solo un piccolo ingranaggio.

Lunedì è sempre stato un giorno del cavolo. Il mal di testa, causato dal bar regolarmente visitato la domenica sera, era una norma e alzarsi dal letto una tortura insopportabile. Non ricordo un solo lunedì nel quale io fossi puntuale sul lavoro! Quel lunedì, poi, fu speciale! Speciale come la morettina che avevo incontrato al bar la sera prima!

Riuscii faticosamente ad andare al lavoro, anche se avevo accarezzato l'idea di darmi malato, ma con quasi tre ore di ritardo!

I miei collaboratori erano, ovviamente, già in ufficio da tempo e mi guardarono con tristezza, direi quasi pietà!

In effetti non ero molto presentabile, mi ero "dimenticato" di farmi la barba ed i miei abiti sembravano essere stati appena raccolti da una discarica!

Stavo per sedermi alla mia consolle quando Norton mi disse, con il tono di chi legge una condanna a morte:

<Ford ti vuole Arvin, ti aspetta nel suo ufficio.>

Hai! Pensai, questa volta mi fa la pelle! Sarebbe stato meglio se mi fossi dato malato!

Bussai alla porta dell'ufficio del capo che urlò:

<Avanti!>

Entrai un po timidamente, evidentemente non mi ero proprio ripreso dalla bisboccia della sera prima!

<Siediti Arvin> mi disse Ford. Restò in silenzio per un poco, già presagivo il peggio, poi:
<Forse ricorderai che, durante la crisi della Beniet, mi hai pescato a colloquio con l'**Agenzia**.>

Restai interdetto, tutto mi sarei aspettato ma non questo esordio, comunque mi ripresi faticosamente e annuii.

Ford continuò:

<Non credo che la tua scarsa immaginazione abbia mai valutato come una piccola impresa come la nostra sia tenuta in così grande considerazione! Abbiamo pochi dipendenti, ma molte risorse e il nostro lavoro è quotato ovunque. Perché?> Tacque qualche istante guardandomi con evidente disgusto e, forse, aspettando una mia risposta, ma in quel momento non ero certo in grado di ragionare più di tanto. Per evitare di dire castronerie pensai bene di tacere ma lo ascoltai se non con interesse, con curiosità. Era forse un modo un po estemporaneo per eliminarmi dalla sua vita?

Con un sospiro riprese:

<Siamo finanziati dall'**Agenzia**!>

Si! voleva silurarmi, non c'erano dubbi, mi aspettava la camicia di forza. Ormai rassegnato continuai a tacere.

Un po irritato Ford continuò:

<Francamente non so perché Arvin. Il tuo successo nella crisi della Beniet non giustifica, ai miei occhi, la troppa attenzione nei tuoi confronti che l'**Agenzia** sta dimostrando, né tanto meno i tuoi, scarsi successi. Sei una frana! Guardati fai schifo! Completamente inaffidabile anche nei lavori più semplici, ubriacone e donnaiolo, non si può contare su di te neppure per un appuntamento. Mi stai sulle scatole Arvin, ma devo ammettere che nei momenti difficili hai una certa utilità. Bene! sono felice di dirti che mi libero di te definitivamente. L'**Agenzia** ti vuole e ti vuole subito! Sei aggregato a quella organizzazione a stipendio triplicato. L'**Agenzia** è una specie di organizzazione paramilitare, vieni inserito come ufficiale di quarto livello. Probabilmente conoscono bene le tue abitudini anarchiche, per cui, al momento, vieni dispensato dal portare una divisa! Ti viene ordinato di trasferirti immediatamente armi e bagagli su Marte. Dovrai presentarti al livello 1 della sede centrale dell'**Agenzia** su Marte, so che non hai la minima idea di quello che vuol dire, ma ti consiglio di obbedire alla lettera, questa volta, e di comportarti bene. Gli uomini dell'**Agenzia** non sono affatto teneri e la cosa mi conforta! In questo plico troverai i tuoi documenti di riconoscimento, una scheda che dovrai presentare all'**Agenzia** su Marte, una carta di credito praticamente illimitata ma che ti consiglio, per il tuo bene, di usare con molta parsimonia e un biglietto di sola andata per il pianeta rosso. Dovrai recarti stasera all'aeroporto di Dallas, presentati all'uscita 7x, ti aspetta un aereo per la base spaziale di Singleton da dove partirà domattina la navetta per la Luna. Là verrai trasbordato sulla nave interplanetaria Ines Grande, destinazione Marte spero senza ritorno!>

Fece una pausa poi, con malcelata soddisfazione, aggiunse:

<Ovviamente puoi rifiutare, ma sappi che da questo momento sei licenziato! Comunque vada non voglio più vedere la tua faccia! Per finire ti consiglio di non salutare nessuno né informare qualcuno di questo colloquio evita anche di fare troppi bagagli e non preoccuparti per il tuo schifoso appartamento, lascia le chiavi in portineria, qualcuno se ne occuperà. E' l'ultimo consiglio che ti do, seguilo.... ti conviene...>

Concluse con un sogghigno.

Ero stupefatto!

L'**Agenzia**!

Neppure nei miei sogni più arditi avrei immaginato una cosa del genere; per di più su Marte, la Sede Centrale di quella mitica organizzazione!

Non avevo alcun legame, mi dispiaceva per i miei compagni di lavoro, gente in gamba, ma non avrei pianto per loro né loro avrebbero pianto per me. Come potevo anche solo immaginare di rifiutare? Tanto più che, se avevo ben compreso, mi serviva comunque un lavoro!

Non avevo mai viaggiato nello spazio, avevo fatto viaggiare gli altri, risolto equazioni e problemi spaziali, ma non ero mai stato più lontano di Parigi! La cosa mi preoccupava, ma.... l'**Agenzia**!!!

Rimasi un momento a riflettere poi:

<Ford, ovviamente accetto, ma mi togli una curiosità?>

<Dimmi rompiscatole!> Mi rispose "gentilmente" Ford.

<Che grado hai nell'**Agenzia**?>

Chiesi alzandomi in piedi e raccogliendo il plico che mi porgeva.

Lo guardai negli occhi, non rispondeva, allora mi avviai verso la porta, stavo uscendo quando:

<Ufficiale di secondo livello, Arvin, addio!>

Entrai nell'ufficio per l'ultima volta, i miei compagni mi guardarono, certo pensarono, non del tutto a torto, che ero stato silurato. Non ricambiai il loro sguardo e uscii per sempre, in silenzio, dalla loro vita.

Andai nel mio appartamento, mi cambiai d'abito, mi rasai e feci una doccia. Bastò una sacca per portare qualche capo di ricambio, il rasoio e poche cose.

Non avevo neppure aperto il plico!

Lasciai le chiavi in portineria e chiamai un taxi, destinazione l'aeroporto.

Per strada guardai il cielo insolitamente azzurro, avevo un presentimento... l'avrei mai rivisto?

# 8

*(oggi)*

Ciruan era femmina ormai da quasi sette anni. Ci si trovava abbastanza bene, per un certo tempo era stata piuttosto infastidita dai seni, piuttosto abbondanti, ma ormai vi era abituata.

Era stata clonata quasi quarant'anni prima ed era stata la prima volta che cambiava sesso!

Ciruan aveva una mentalità piuttosto conservatrice.

All'epoca la riproduzione veniva regolata da sistemi informatici ed avveniva ormai esclusivamente per clonazione.

Il cambiamento di sesso era una pratica assolutamente normale e molto comune, le malattie non esistevano più. Si poteva morire solo per incidente o per consunzione, ma dopo molto, molto tempo e Ciruan era giovanissima! Come femmina non era male: alta un metro e novanta, piuttosto formosa, occhi molto obliqui e verdissimi, carnagione rossastra, tipica di chi viveva per lo più nello spazio. Non aveva capelli (persi da molto tempo dalla razza umana), unghie molto corte ed era completamente glabra, mancavano anche le sopracilia.

Le piaceva molto studiare, era un ottimo tecnico generico, storico e antropologo, oltre ad una conoscenza generale invidiabile anche per quel tempo.

Aveva viaggiato molto ma non era mai uscita dal sistema solare. A causa della sua istruzione nonché di una fantasia e curiosità fuori del comune, era stata accettata, su sua richiesta, dal sistema di reclutamento computerizzato che regolava tutta l'attività umana, ma non era mai stata convocata!

Rispetto all'inizio della nostra storia, l'epoca in cui viveva Ciruan era quasi 70.000 anni più avanti.

Da tempo l'umanità aveva attuato un diverso sistema per il calcolo del tempo. Per loro era l'anno galattico 6227.

Il sistema solare era stato colonizzato e, grazie alle nuove tecnologie, lo si poteva attraversare da un estremo all'altro in meno di un mese!

L'uomo era arrivato alle stelle più vicine, ma la velocità della luce restava uno scoglio insormontabile per cui i viaggi interstellari prevedevano l'ibernazione dei viaggiatori e non tutti accettavano di dormire anni prima di arrivare da qualche parte. Sonde robotiche erano state inviate un po ovunque e monitorate continuamente da computer con intelligenza sovrumana. Da tempo il progresso segnava il passo. Le macchine non erano programmate per progredire più di tanto e gli studiosi, come Ciruan, erano piuttosto rari. Delle antiche istituzioni dell'umanità non restava più nulla, neppure il ricordo, la storia arrivava indietro di "soli" 30.000 anni, prima era "preistoria". L'umanità non aveva mai incontrato alieni intelligenti, né le loro traccie, al massimo qualche pianta e qualche strano animaletto, generalmente antipatico e di intelligenza inferiore a quella dei computer personali usati per pulire le abitazioni.

Ciruan si trovava su Mercurio, un inferno vicinissimo al Sole. Il piccolo pianeta non aveva atmosfera, sembrava la Luna, ma il Sole interagiva pesantemente sul suo terreno che appariva molto instabile. La base umana si trovava su un piccolo altopiano protetto da alcune formazioni montuose ed era ben ancorata in profondità.

Era molto affascinata dai fenomeni solari che, in quella posizione, potevano essere visti e studiati con tutta comodità.

Ciruan stava dormendo! Questa necessità era tuttora ben presente nell'umanità e Ciruan era una vera dormigliona. Dormiva nuda e senza lenzuola, come tutti a quel tempo.

<Ciruan> una voce maschile, iniziò a chiamarla dolcemente...

<Ciruan...> la donna si mosse <Ciruan> insisteva la voce suadente.

<Si... cosa c'è> rispose sbadigliando.

<Ciruan, svegliati... devo parlarti> La voce sembrava sorgere dalle pareti, non si capiva bene da dove, pareva venisse da tutta la stanza.

<Chi sei? Cosa vuoi da me?> Rispose, finalmente sveglia, Ciruan, alzandosi indolente dal letto.

<Sono Controllo, Ciruan, abbiamo bisogno di te!>

Ciruan saltò subito in piedi, ben sveglia e attenta. Controllo! la memoria più importante di tutto il sistema computerizzato umano, né più ne meno! Finalmente era stata convocata ed era addirittura Controllo a convocarla! <Eccomi!> Disse emozionata <sono a disposizione, cosa devo fare?> <Preparati, abbiamo una nave robotica per te, la troverai al molo 103, è già pronta e ti aspetta. Durante il volo ti sarà spiegata ogni cosa.> Rispose Controllo.

<Dove andrò?> Insistette Ciruan.

<Su Plutone.> La informò Controllo, poi concluse: <Fai in fretta la nave è in attesa per te.>

La voce tacque, Ciruan riuscì a prepararsi in poco più di cinque minuti.

Non si usava più alcun trucco, per cui non perse tempo per "farsi bella". Indossò un lungo saio attillato che sembrava fatto di una curiosa materia plastica colorata a macchie di diverse tonalità molto vivaci. Ai piedi dei stivaletti morbidi di color bianco. Niente biancheria intima, era la moda del tempo!

Raccolse, un po alla rinfusa, le sue poche cose personali e si precipitò al molo 103. La fretta che le aveva messo in corpo Controllo, le impedì di salutare chicchessia, ma confidò che i computer avrebbero informato il personale della sua improvvisa partenza.

Trovò la navetta senza difficoltà, ebbe appena il tempo di deporre all'interno le sue cose e sedersi davanti allo schermo di prua che partì rapidissima.

Fino a quel momento Ciruan non era riuscita neppure a pensare!

Ma, una volta nello spazio, comprese le implicazioni di quanto le stava accadendo. In poco più di dieci minuti, senza che praticamente se ne accorgesse, la sua vita era totalmente cambiata!

Era in forza attiva per Controllo!

Controllo, di per sé, era un sistema informatico avanzatissimo, ma, di fatto, poco più di una macchina, sia pure altamente sofisticata. Come macchina non aveva, ovviamente, alcun tipo di autorità. Chiunque poteva rifiutarsi di seguire le direttive di Controllo, senza alcuna conseguenza, né Controllo aveva alcun potere. Però questo sistema era inserito in tutte le attività umane, attraverso milioni di sottosistemi che le regolavano in qualunque parte del sistema solare e delle stelle colonizzate, nonché dei robot sparsi nel cosmo dall'umanità o dallo stesso Controllo. In effetti era dotato di un'altissima autonomia e se ne serviva senza alcuna remora.

Quando Ciruan aveva richiesto di essere inserita al reclutamento pensava, come la maggior parte di coloro che seguivano la stessa strada, di essere chiamata da qualche sottosistema, certamente non direttamente da Controllo! Era un fatto eccezionale!

Doveva essere veramente qualcosa di grosso.

Si rese però conto che si stava dirigendo dall'altra parte del sistema solare e totalmente sola; un mese di viaggio!

Una nave robotica era piccola, aveva solo l'essenziale per mantenere pochi esseri umani. Niente sale di ricreazione, niente distrazioni!

Era già stata su Plutone, uno degli avamposti del sistema solare!

In realtà vi erano colonie ancora più avanzate: Xena, un planetoide più esterno e più grande di Plutone, nonché alcune stazioni, per lo più robotiche, situate nella fascia di Kuiper, di fatto al di fuori del sistema solare. Ma su Plutone esisteva una base dell'umanità antichissima, qualcuno ipotizzava addirittura preistorica!

Per questo aveva destato la curiosità degli scienziati e vi si era stabilita una colonia permanente.

Plutone era una palla di roccia e ghiaccio più piccola della Luna, niente altro. Il sole si vedeva come una stella di prima grandezza lontanissima, ma riusciva ancora ad illuminarlo, però non poteva riscaldarlo!.

La colonia aveva costruito una miriade di cupole su buona parte del pianeta, tutte collegate da strade a loro volta coperte, che impedivano al freddo assoluto che imperava ovunque di penetrare.

Per buona parte del tempo le cupole e le strade venivano ricoperte dalla leggera atmosfera del pianeta che letteralmente gelava. Quando questo accadeva per accedere alle città occorrevano strani mezzi di trasporto simili a talpe che scavavano l'atmosfera ghiacciata.

Solo la zona dove si era trovata l'antica base umana, e poche altre, per lo più grandi altopiani con caratteristiche geologiche molto particolari, erano esenti da questo fenomeno e vi si era costruito un importante centro di studio e ricerca.

Il planetoide non era un luogo triste, al contrario, le cupole erano graziose, calde illuminate, ben protette e la gente simpatica.

Sui cinque satelliti di Plutone: Caronte, Notte, Cerbero, Stige e Idra vi era il più grande spazioporto dell'umanità, con migliaia di hangar e navette. In orbita intorno al pianeta le grandi navi spaziali. Da qui si partiva per le stelle!

Ma un mese era tanto per una donna sola.

Dopo aver fatto una buona doccia e colazione tornò a sedersi a prua e domandò al computer di bordo se aveva informazioni per lei.

Con stupore le rispose la stessa voce già ascoltata in camera sua:

<Ciruan, è accaduto qualcosa di inspiegabile, nel tempo che passerai in viaggio, non solo ti sarà spiegata ogni cosa, ma vorrei che studiassi a fondo tutte le implicazioni che essa comporta. La tua umanità e fantasia aiutata dalla tua giovinezza e unita ad un'intelligenza che hai particolarmente sviluppata, saranno molto utili.>

Ciruan domandò:

<Sei ancora Controllo?>

<Si Ciruan> rispose la voce suadente, poi continuò: <per tutto il mese di viaggio lavoreremo insieme, vedrai, non avrai tempo per annoiarti!> Dopo una pausa:

<E' arrivata su Plutone una nave aliena!>

Per quindici giorni Controllo continuò tutto il tempo a dare informazioni ad una Ciruan sempre più stupita e incuriosita. La donna non ebbe certo il tempo di annoiarsi! Poi: <Bene, a questo punto hai tutti i dati> la informò Controllo <in qualunque momento e dovunque tu sia io sarò in contatto con te. Potrai chiedermi un riepilogo di ogni informazione, visualizzare i dati forniti ed interpellarmi. In caso di novità ti informerò immediatamente. Altri stanno studiando la cosa, per il momento non hanno raggiunto alcuna conclusione o ipotesi, se lo faranno te lo dirò.

Da parte tua ti sei fatta un'idea?>

Ciruan tacque un momento soprappensiero poi:

<C'è qualcosa che non mi convince...> disse dubbiosa <qualche, anzi, molti tasselli che ci sfuggono!> Controllo intervenne: <Non ti nascondo che ho molta speranza in te! Ho studiato tutti i dati di Reclutamento e tu appari la più quotata per fantasia, curiosità e intuizione fra gli umani. Io ed i sottosistemi non abbiamo nulla di neppure vicino a queste qualità. L'intuizione è rara in un sistema roboinformatico, tu ne hai da vendere!>

Ciruan non sapeva se esserne lusingata o offesa, ma capì che erano proprio queste qualità, o difetti (secondo il metro di un computer) che servivano in quel momento.

Si mise comoda e con un sospiro disse:

<Ok Controllo! Pensiamoci su insieme. Ricapitoliamo quanto è accaduto senza arrivare a conclusioni. Se sbaglio qualcosa interrompimi.

Quindi un mese fa lo spazioporto di Plutone registra degli strani e incomprensibili segnali radio... i segnali erano estremamente semplici inviati, evidentemente, da un sistema piuttosto elementare.>

<Più che elementare direi arcaico.> La interruppe Controllo.

<Certo arcaico, hai ragione!> Continuò Ciruan <I segnali non sono stati né tradotti né interpretati in alcun modo, ma fu facile individuarne l'origine: 300.000 km da Plutone in direzione dello spazio profondo!

Fu immediatamente avvistata una nave spaziale. Era gigantesca. oltre 35 km di lunghezza e 3 di larghezza, piuttosto affusolata. Appariva ben visibile anche dal pianeta, illuminata dal sole, come una stella di prima grandezza. Solo... prima non esisteva! Un'astronave così grande, a quella distanza, sarebbe stata individuata subito. Questo non avvenne, o prima non c'era oppure aveva un sistema di invisibilità estremamente avanzato e a noi sconosciuto. Successive analisi convinsero che la nave era troppo "arcaica" per avere un sistema del genere, d'altronde tutto era sorprendente, per cui... non possiamo escludere niente! Furono inviate immediatamente sonde robotiche nei pressi della nave. Si seppe che i metalli usati sono riconoscibili dalla nostra tecnologia. La nave è alimentata da un "motore a scoppio atomico". Incredibile e pazzesco!>

Ciruan tacque un momento, intervenne Controllo:

<Certo! piuttosto assurdo. Il motore è schermato abbastanza bene ma assolutamente poco adeguato per un'astronave interstellare od anche solo interplanetaria...>

<Inadeguato!> continuò Ciruan <è il termine esatto. Collegato al motore vi è un sistema per l'accelerazione di particelle subnucleare abbastanza complesso anche se mastodontico! E' come se per aumentare le prestazioni di questa scialuppa usassimo un enorme camino alimentato a legna collegato al suo normale motore!>

<Ma la scialuppa non ha un motore atomico!> interruppe Controllo.

<Vero> disse Ciruan un po piccata <ma ovviamente era solo una similitudine!>

<Certo!> disse Controllo <Dimentico che voi umani avete un senso diverso dal nostro di valutare le cose, scusami... ma... continua.>

<Ok!... Allora torniamo al comportamento della nave aliena. La nave puntava direttamente su Plutone, ma a velocità molto ridotta. Nel contempo continuava a trasmettere i suoi messaggi incomprensibili. Le emissioni radio furono presto interpretate in due modi differenti: alcune apparivano assolutamente assurde, con un codice binario. Uno scienziato ha ipotizzato che siano messaggi inviati per essere criptati da un sistema computerizzato. Ma il nostro sistema, cioè tu stesso Controllo, non riconosce alcun significato a questi messaggi. Per cui altri, e tu stesso, sono giunti alla conclusione che siano inviati per essere riconosciuti da una memoria aliena! Altre trasmissioni, invece, erano chiaramente vocali: un linguaggio che, però, non è stato interpretato in alcun modo.

La nave continuò ad avvicinarsi a Plutone, accompagnata dalle nostre sonde, continuò anche ad inviare messaggi, sempre gli stessi e ripetitivi. Decidemmo di rispondere, usammo un sistema analogo al loro ma, evidentemente, non fu riconosciuto. I nostri tentativi, però, sortirono un effetto imprevisto: tutti i segnali provenienti dalla nave tacquero immediatamente. La nave proseguì il suo avvicinamento in perfetto silenzio. Arrivata nei pressi di Plutone si stabilì in un'orbita attorno al pianeta.

A questo punto fu circondata dai nostri moduli ed alcuni volontari umani cercarono di entrare. I robot avevano già individuato alcune zone che apparivano come possibili accessi alla nave. Una di esse si rivelò corretta. Tre uomini muniti di protezione entrarono.

L'interno appariva molto angusto, non vi era luce né atmosfera. Tutta la nave appariva come un immenso sistema meccanico-informatico-motorio. Cioè, di fatto, non vi era spazio per l'equipaggio ma solo per i sistemi della nave! Non vi erano scorte di cibo o altro.

Sembrava solo un gigantesco motore. Vi era un piccolo mezzo robotico, evidentemente collegato alla nave a mezzo apparati radio sonici e visivi, atto ad un'esplorazione dello spazio circostante o di un pianeta ma non certo ad uno sbarco di alieni! Tutto era racchiuso nelle apparecchiature!

Gli uomini erano preoccupati, diffidavano di toccare qualcosa, riconobbero, però, diversi sistemi informatici...."arcaici".

Non fu difficile collegare i sistemi informatici della nave ed un nostro sottosistema.

Si preferì un sottosistema autonomo per evitare il rischio di inquinamento o attacco alieno a te: Controllo!

Il sottosistema relazionò agli umani e a te quanto aveva potuto comprendere.>

<Esatto Ciruan> Intervenne Controllo <il sottosistema aveva rilevato che la memoria informatica della nave era assolutamente inadeguata. Scoprì alcune modalità attraverso le quali era possibile controllare diverse funzioni della nave stessa, ma mancava una correlazione fra l'acceleratore di particelle e il motore atomico: o si faceva funzionare l'uno o l'altro, insieme no!>

<Certo> continuò Ciruan <si scoprì anche un sistema di raccolta dati che però è a tutt'oggi assolutamente incomprensibile. Si arrivò alla conclusione che fosse una nave robotica in qualche modo telecomandata o preprogrammata, finché si scoprì la cosa più importante, il cuore stesso della nave: Una specie di grosso contenitore metallico integrato al sistema e alimentato dal generatore atomico della nave e da fluidi energetici con base carbonica: all'interno di quel contenitore vi era qualcosa di vivo!

Collegato ad esso vi era anche un computer autonomo piuttosto complesso e alcuni apparati visivi e vocali!>

Ciruan tacque per alcuni minuti, pensando, poi:

<Furono inviati robot e umani nell'area, piuttosto piccola (uno sgabuzzino di due metri quadri) dove era situato il contenitore. Gli apparati vocali dello stesso "parlarono", ma la lingua continuava ad essere totalmente incomprensibile. Si decise... tu hai deciso di spostare il contenitore nella base ben attrezzata di Caronte. Furono facilmente sintetizzati i fluidi necessari al materiale organico e, dopo un delicato intervento, si trasportò il tutto senza danni sul satellite di Plutone, dove avevi predisposto un importante ed avanzatissimo sistema di monitoraggio e studio degli ospiti alieni.

A quel punto la nave "morì". Nulla funzionava più, era ovvio che il cuore della nave era il contenitore e che, senza di esso, i sistemi informatici non erano in grado di operare e prendere decisioni.

Si procedette ad uno studio dei componenti la nave stessa, ma è tutto assolutamente morto e inerte. Non funziona niente, niente appare collegato, sembra un sasso morto. Stai valutando la possibilità di smontarla pezzo per pezzo per cercare di capirci qualcosa, per il momento non hai ancora preso una decisione in questo senso ma ti appare logico che questo debba essere il prossimo passo.>

<Non voglio essere solo io a prendere questa decisione> intervenne Controllo <desidero che la decisione sia collegiale e presa insieme agli umani coinvolti.>

<Corretto da parte tua.> Affermò Ciruan. <Attualmente la nave è collegata a centinaia di moduli spaziali che verificano la sua orbita e continuano a monitorare la nave stessa e lo spazio circostante.

Più interessante lo studio del grosso contenitore su Caronte. E' ovvio che può vedere e che sta parlando, non sempre, ma spesso. Non capiamo ma sappiamo cosa c'è all'interno del contenitore stesso: quattro cervelli! Non come i nostri, più grandi e tutti collegati fra di loro ed a piccole apparecchiature pseudo meccaniche....una miscela di componenti artificiali e organici insieme.>

Ciruan tacque a lungo poi si alzò in piedi di scatto!

<Non chiedermi come lo so Controllo! Questa nave viene dalle stelle. Da molto, molto lontano....è veramente qualcosa di nuovo, intuisco le correlazioni ma... è tutto assurdo....>

<Controllo!>

<Che c'è Ciruan?>

<Dobbiamo parlare con loro, è indispensabile, dobbiamo farlo!!!>

<Certo Ciruan, calmati. Nei quindici giorni che mancano all'arrivo ti farò studiare i mezzi di comunicazione vocale e scritta e i sistemi conosciuti per l'apprendimento di una lingua. Dovrai farlo tu Ciruan!>

<Si! Controllo, ascolta, una volta non nascevano cloni, l'umanità si riproduceva come fanno ancora molti animali ed i piccoli che nascevano apprendevano un linguaggio. Devo capire come facevano Controllo!>

<D'accordo Ciruan, ma l'esempio con gli animali non basta. Gli animali e, un tempo, anche gli umani hanno un sistema chiamato istinto in cui l'apprendimento è inserito nel loro DNA. Anche l'apprendimento dei cloni non è sufficiente per risolvere il nostro problema di comunicazione. I cloni hanno un imprinting innato ed apprendono il linguaggio nello stesso momento in cui "nascono". Occorre immaginare qualcosa di assolutamente diverso: cosa facevano gli umani quando nascevano i loro "figli"? Studieremo insieme tutto questo per arrivare ad apprendere il linguaggio alieno, abbiamo due settimane per farlo, penso sarà sufficiente, almeno lo spero...>

<Oppure gli alieni comprenderanno il nostro... ma perché io Controllo?>

<Perché tu hai un livello di intuizione superiore al normale, perché tu Ciruan hai già capito qualcosa che nessuno ha ancora compreso e adesso me lo dirai!!!>

Per la prima volta la calda voce di controllo appariva addirittura eccitata! Incredibile per un sistema di memoria computerizzato!

Ciruan tacque a lungo.. poi disse, quasi gridando:

<Hai ragione Controllo!.... Accidenti Controllo non sono alieni!! Non sono alieni Controllo, sono umani, umani come noi!!!>

# 9

*(ieri)*

Marte era un pianeta assurdo! Sembrava di essere in un deserto della Terra ma faceva un freddo assolutamente pazzesco! A me il freddo non piace. E' stato definito il pianeta rosso, mai definizione è risultata più esatta.

Vi era acqua, per lo più nel sottosuolo ma anche, e in abbondanza, ai suoi poli. Sono state trovate tracce di vita unicellulare. Una volta Marte doveva essere più caldo e mantenere una qualche forma di vita anche se molto semplice. Qualche pazzo pensa ad una sua terra formattazione, ma credo sia più facile "marzianizzare" la Terra piuttosto che terra formare Marte!

L'atmosfera era molto leggera e assolutamente velenosa. L'aria veniva facilmente sintetizzata dall'acqua. Vi erano numerose città, costruite sotto cupole e nel sottosuolo.

Non erano collegate fra di loro, per cui per passare da una città all'altra occorreva utilizzare veicoli chiusi ermeticamente che transitavano su strade ben fatte ma... anch'esse rosse! L'unico vero problema erano le tempeste di sabbia, abbastanza comuni e particolarmente pericolose, se ci si trovava all'esterno delle città.

Io lavoravo ormai da qualche anno (anni terrestri) all'interno di un grande complesso dell'**Agenzia**. In effetti il mio, più che un lavoro, era uno studio: ero stato informato di tutti i progressi e le idee che l'**Agenzia** aveva sviluppato nel campo del volo interstellare. Pensare di arrivare alle stelle appariva una vera e propria assurdità, la velocità della luce era un ostacolo insormontabile e le distanze erano pazzesche anche se si fosse raggiunta quella velocità! Ma l'**Agenzia** era nata per questo! Nel complesso mi sembravano dei sognatori un po pazzi...

Avevo imparato a guidare le navette, a passeggiare nello spazio, ero diventato un fisico di alto livello, conoscevo la matematica, il calcolo stellare, e tutte le peggiori diavolerie che possono venire in mente, meglio di un computer! Non ero stato sempre su Marte, mi avevano spedito diverse volte su Deimos, uno dei satelliti del pianeta, poco più di una roccia che era diventata una piccola città dell'**Agenzia**. Non contenti mi avevano mandato anche nella fascia di asteroidi dove avevo fatto anche il minatore!

Non ero solo, con me vi erano altri tre personaggi: due splendide donne, Jennifer e Anna, che erano state sulla Beniet proprio quando ero stato coinvolto nella crisi vissuta da quella nave interplanetaria e Arun, un aitante e simpatico giovanotto di 38 anni di origine indù.

Arun era un personaggio! Innanzitutto, a differenza di tutti noi, non era nato in una vaschetta, ma aveva due genitori veri e dei parenti. Li aveva lasciati 16 anni prima per entrare, su sua richiesta, nell'**Agenzia**!

Era un fatto piuttosto raro, di solito era l'**Agenzia** che chiamava, non il contrario, oppure si nasceva già "condannati" a lavorare per l'**Agenzia**, come nel caso delle nostre due donne, raramente venivano accettate richieste come quella del nostro amico.

Arun era un filosofo, psicologo e biologo di prim'ordine! Credeva fermamente nei suoi Dei Indù e in una filosofia tipica dei paesi orientali. Pareva fosse proprio questo che aveva convinto l'**Agenzia** ad accettarlo.

Il nostro gruppetto era molto affiatato (in tutti i sensi!). Da parte mia avevo una particolare predilezione per Jennifer, ricambiata. Se non fossi così cinico direi "Amore"!

Non era il solo gruppetto che l'**Agenzia** aveva inserito nei suoi programmi imperscrutabili, sapevamo che ve ne erano altri, ma non li avevamo mai incontrati!

Eravamo appena tornati da un duro addestramento nella fascia e stavamo "riposando" nel nostro alloggiamento. Abitavamo tutti e quattro nello stesso appartamento, così aveva voluto l'**Agenzia** e... non ci dispiaceva affatto! Più che un riposo sembrava un'orgia dantesca, eravamo anche piuttosto brilli, quando suonò il cicalino della porta. <Chi cavolo è???> Chiese stancamente e piuttosto scocciata Anna.

<Forse sarebbe bene andare a vedere!> Rispose pragmatico Arun, senza però muovere un dito.

Jennifer ignorò completamente la cosa, toccava a me!

Mi alzai pigramente e aprii la porta. Mi trovai davanti un ragazzo in divisa da ufficiale del sesto, che mi disse, tutto impettito:

<Ordini per voi Signori!>

Mi porse un plico e sparì immediatamente, forse spaventato dalla mia espressione non proprio amichevole.

<Cosa cavolo vogliono ancora da noi!> Sbottai <Siamo appena arrivati, non possono lasciarci stare?>

<Fammi vedere caro> intervenne Jennifer un po languidamente <magari vogliono invitarci ad una festa!>

Aprì il plico e... saltò in piedi come un grillo!

<Cosa c'è?> Disse Arun un po preoccupato <E' scoppiata una guerra, sono arrivati gli alieni?>

<Guardate voi stessi> disse Jennifer porgendo ad ognuno di noi gli ordini inseriti nel plico. Era un messaggio piuttosto laconico:

*"Recarsi immediatamente al primo livello sezione AX1F, presentare all'entrata questo ordine"*

La sezione AX1F era il capo! Il misterioso e praticamente sconosciuto Presidente dell'**Agenzia**, un qualcosa che appariva più un mito che una realtà e molti pensavano non esistesse neppure!

Non sapevamo che fare, poi ci demmo una mossa! Doccia, vestirsi, assolutamente impeccabili in sedici minuti! Avevo anche messo la divisa (era la terza volta in tutta la mia vita!)

La sezione era nel sottosuolo, duemila metri sotto terra! Non vi eravamo mai stati ma era facile trovarla seguendo indicazioni sparse un po dappertutto. Meno facile arrivarci: guardie ovunque, ma i nostri ordini facevano miracoli! Era anche ovvio che sapevano del nostro arrivo, ma ci controllavano e scanna rizzavano in continuazione. Arrivammo e l'ultimo ostacolo: una porticina insignificante guardata da sei militari armati, si aprì davanti a noi!

Così scoprimmo che il "capo" erano dodici persone, quattro uomini e otto donne, seduti tranquillamente attorno ad un tavolo rotondo pieno di consolle e personal!

Una zona del tavolo era libera, anch'essa attrezzata con consolle e personal, nonché quattro poltroncine che, evidentemente, aspettavano noi.

Uno degli astanti, un uomo di circa cinquant'anni, ci invitò a sederci ed esordì.

<Signori benvenuti, io sono Riccardo Hesner, per qualche tempo sarò la vostra guida, consigliere e... ufficiale capo, se me lo permettete!>

E come potevamo mettere in dubbio la sua autorità! Annuimmo all'unisono.

<Resterete qui con noi a lungo.> Continuò <Sul retro di questa sala vi sono miniappartamenti per tutti, il ritiro dei vostri effetti personali è già stato predisposto.

Abbiamo molte cose da dirvi e da studiare insieme. Fin da ora vi preghiamo non soltanto di ascoltare ma anche di intervenire con idee, suggerimenti o altro senza paure né preconcetti. Grazie!>

Nessuno di noi ebbe commenti da fare.

Una donna sui trent'anni e piuttosto carina intervenne a sua volta:

<Mi presento: mi chiamo Ester, vi informo che siete stati addestrati valutati e studiati per sei anni allo scopo di utilizzarvi per una missione di straordinaria importanza. Non eravate soltanto voi, avevamo sei equipe come la vostra in osservazione. Abbiamo scelto voi!>

Restammo in silenzio per un poco, poi la solita Jennifer non resse più e sbottò:

<Ne siamo ovviamente lusingati signori, ma qual'è la missione?>

Rispose un terzo personaggio, un uomo di colore molto anziano:

<Le stelle, mia cara signora, andrete sulle stelle!>

<Cosa???> Gridammo all'unisono.

Si sapeva che l'**Agenzia** aveva le stelle come obiettivo primario e che i suoi componenti erano tutti fuori di testa ma le stelle apparivano decisamente fuori della portata umana, non si poteva, all'epoca, neppure immaginare di arrivare così lontano! Forse l'ibernazione? Era possibile.

<Calmatevi,> ordinò Hesner <si le stelle! Comprendo la vostra reazione, ma sei anni fa è accaduto qualcosa di nuovo e, da allora, abbiamo studiato con molta attenzione questa novità. Abbiamo potenziato e migliorato la tecnica dell'acceleratore provata sul modulo europeo e sulla Beniet. Abbiamo ottenuto qualcosa di infinitamente più efficiente e, per certi versi, totalmente nuovo. Anche grazie a qualcuno di voi. In base a questi studi ed ai dati accumulati, due anni fa abbiamo iniziato a costruire la prima astronave interstellare dell'umanità! I lavori sono quasi ultimati!>

Intervenne un'altra signora piuttosto anziana e piccolina, ma dalla quale traspariva una straordinaria energia:

<Io mi chiamo Devi, ragazzi miei. Sono discendente dei fondatori dell'**Agenzia**. Non sono una studiosa brava come voi, non saprei distinguere la prua dalla poppa di una nave interplanetaria! Ma condivido il sogno dei miei avi, voglio vedervi cavalcare l'onda del mistero più grande: le *stelle e la morte*! Durante il vostro soggiorno qui capirete bene le mie parole ma, sin d'ora, è bene comprendiate che non siete obbligati, nessuno è obbligato! Se anche uno solo di voi non se la sentirà di cavalcare quest'onda, state tranquilli, avrete comunque uno spazio importantissimo all'interno della nostra millenaria organizzazione. Verrà contattata un'altra equipe e sarete voi a seguirla nella sua avventura oltre le stelle! Per cui non avremo perso il nostro tempo. Siate sinceri fra di voi, con noi e con voi stessi, poiché finito questo "stage" verrete psicanalizzati, analizzati, rivoltati sin dal più profondo del vostro intimo e della vostra psiche per essere ben certi che la vostra sarà una decisione realmente ben ponderata. Solo quando anche noi non avremo dubbi, potrete procedere nella missione!>

Un brivido passò sulle nostre schiene: le stelle e la morte! Quella piccola donnina aveva usato parole di tuono che restarono per sempre nella nostra mente e nel nostro spirito!

Discendente dai fondatori! Ma chi era? Un fantasma? Una leggenda? Le sue parole ricordavano gli scopi delle due antiche Fondazioni: una nata per arrivare alle stelle, l'altra per sconfiggere la morte. Ora unite in una sola entità: l'**Agenzia**; le stelle e la morte!

Intervenni: <Dove si trova attualmente l'astronave?>

<In orbita attorno a Plutone!> Rispose Hesner.

<Plutone?> sbottai <siamo arrivati su Plutone? E da quando? Mi risulta solo una spedizione su Urano e basi umane sui satelliti di Saturno: Titano, Giapeto e Rea!>

Rispose ancora Hesner : <Noi siamo arrivati su Plutone Arvin! Noi dell'**Agenzia**, Plutone è dell'**Agenzia**!>

Restammo in perfetto silenzio fino a quando Devi intervenne:

<Avete già molte cose da digerire, ora venite con me, andate a sistemarvi e tornate qui fra un'ora, abbiamo da lavorare e quello che avete ascoltato ora è ancora niente. Dovrete ascoltare cose ben più straordinarie prima che la vostra permanenza qui finisca, venite con me, vi accompagno.>

La seguimmo in un corridoio posto sul retro. Da quel corridoio si dipartivano numerose stanze, evidentemente a disposizione dei presenti. Ci fece entrare in una di queste dove trovammo le nostre cose. Come cavolo avevano fatto ad arrivare prima di noi? Mistero! Ma eravamo all'**Agenzia**!

<Bene! mettetevi tranquilli, ci vediamo fra un'ora.> Disse Devi.

La piccola donna suscitava sentimenti di rispetto e voglia di confidenza insieme, per cui Arun si fece coraggio e le chiese:

<Quanto tempo dovremo restare qui?>

<Tutto il tempo necessario!> Rispose un po laconica Devi.

<Ma, una volta terminato il nostro lavoro, cosa succederà?> Insistette Arun.

Con curiosa dolcezza Devi rispose ancora: <Dipenderà molto da voi ma, se tutto procede come speriamo, come vi abbiamo già detto, verrete analizzati, rivoltati, psicanalizzati e chi più ne ha più ne metta! Poi andrete su Plutone!>

Un po malignamente le chiesi:

<Per caso l'**Agenzia** ha avuto qualche responsabilità nell'esperimento col modulo europeo e il disastro della Beniet?>

Devi mi guardò negli occhi e rispose freddamente:

<l'**Agenzia** non è un fiorellino di campo! Abbiamo mani lunghe...> Poi sorrise rivolgendosi ad Anna e Jennifer: <Comunque avevamo due validi ufficiali sulla Beniet!

Ma ora siete qui, state tranquilli, cercate di rimuginare quanto vi abbiamo detto, ci vediamo dopo.> E se ne andò! Non avrei mai voluto quella donna come nemica!Tranquilli? Cominciammo a gridare, parlare e fare le congetture più folli tutti insieme! Ci volle tutta l'ora per farci smettere!

Rientrammo nella sala dove gli altri ci stavano aspettando e tutto iniziò!

Restammo con loro per quasi un anno!

Tanto ci volle per essere informati di tutto, o quasi tutto, studiare i dati che ci misero a disposizione: erano migliaia, "digerire" ogni cosa. Arrivammo a conoscere la nave interstellare meglio di chi l'aveva costruita. Avevamo nella testa una vera mappa stellare, nonché un numero esagerato di informazioni; avevamo effettuato migliaia di simulazioni al computer e... uno studio comparato di tutte le religioni e filosofie della Terra!

Arun ci era andato a nozze!

Passammo ore in meditazione, Arun ci fece impazzire con le sue teorie sul Karma e il destino degli uomini; giornalmente almeno un'ora di yoga, pregavamo tutti gli Dei della Terra! Imparammo a camminare a piedi nudi sui carboni ardenti! Grazie alla meditazione ed alla preghiera ci infilavamo spilloni nella bocca e nel corpo senza sentire dolore o avere conseguenze fisiche! Cristo e Maometto non avevano segreti per noi! Zarathustra e il Dio Sole! Il libro dei morti dell'antico Egitto! Sapevamo effettuare un esorcismo!

Non c'erano più feste, niente orgie, niente alcool, niente fumo, pasti insipidi e frugali, solo lavoro, meditazione, studio e simulazioni!

Imparammo a conoscere bene i dodici personaggi chiusi insieme a noi in quelle stanze.

Erano un po scostanti e, spesso, piuttosto bruschi, ma li rispettavamo.

Una volta mi trovai a tu per tu con Hesner e gli chiesi un po impacciato.

<Hesner, da quanto tempo avete realmente iniziato questo programma?>

<Cosa vuoi dire?>

<Ho la netta sensazione che il tutto non è cominciato con l'incidente della Beniet, ma molto prima! Che, in qualche modo, l'**Agenzia** abbia predisposto e previsto ogni cosa già dalla nostra nascita e, forse, anche prima. Non so se mi spiego a sufficienza, ma è come se fossimo l'ingranaggio di un progetto più vasto cominciato tanto tempo fa!> <Arvin!> rispose sibillino <Questo progetto è nato più di mille anni fa! Non lo sapevi?>

E mi piantò in asso!

Un anno chiusi là dentro è molto, molto tempo, ma non avevamo avuto la possibilità di annoiarci. I "dodici" non erano sempre tutti presenti, evidentemente facevano dei turni, ma Devi e Hesner non mancarono mai!

Alla fine, però, avremmo accettato volentieri una passeggiata nelle gelate sabbie marziane anche senza tuta! Avevamo il quadro completo, ma non avevamo ancora capito, o, forse, non volevamo capire.

Ci ritrovammo nel salone, l'atmosfera era decisamente cambiata. Davanti a noi, sul tavolo, non c'erano più le consolle, né i personal ed i vari macchinari cui eravamo abituati. Vi erano, invece, tartine gustose, deliziosi manicaretti, alcolici, birre, vino, bibite di ogni tipo! I nostri dodici anfitrioni erano tutti presenti e decisamente più rilassati e, per la prima volta, apparivano... cordiali. Parlottavano in libertà fra di loro e arrivavano a scherzare anche con noi! Ci invitarono allegramente ad aprofittare della tavola ed anche a fumare! Cosa rara anche all'**Agenzia** che, notoriamente, era un'istituzione piuttosto libera.

Un po intimiditi e sospettosi, ne aprofittammo ma con strana, per noi, moderazione.

La piccola ma straordinaria Devi iniziò:

<E' finita ragazzi! Il vostro addestramento è terminato! Ora si tratta di capire e sapere....>

Dopo un breve pausa continuò:

<La nostra organizzazione ha un numero notevole di sottostazioni sparse un po ovunque. Alcune di loro hanno il preciso scopo di conoscere ogni nuova ed interessante iniziativa dell'uomo, interessante per i nostri scopi, ovviamente. Posso tranquillamente affermare che si tratta di un ottimo ed efficiente servizio di spionaggio! Una di queste sottostazioni è l'Enterprise Limited caro Arvin!>

<Ford!> esclamai.

<Certo Ford, l'avevi capito.> Continuò Devi <Il lavoro dell'Enterprise è perfetto per conoscere eventuali progressi dell'umanità che altrimenti potrebbero sfuggirci.

Sette anni fa, lo sapete bene, vi fu l'incidente della Beniet risolto all'ultimo momento da te Arvin! Esperimenti come quello del modulo europeo e della Beniet non furono più ripetuti poiché ritenuti pericolosi.

La Beniet ne uscì che era poco più di un relitto ed una nostra consociata riuscì ad acquistare quello che restava della nave, tutti pensarono che l'avrebbero utilizzata per ricavarne parti di ricambio, ma non fu esattamente così. L'**Agenzia** ebbe tutto il tempo per studiare, smembrare, valutare, "annusare" quello che restava della Beniet!

Non ci limitammo a questo, analizzammo anche il tuo comportamento durante quella crisi, Arvin, e le soluzioni che tu hai proposto e realizzato.>

La Devi si interruppe, riprese Hesner:

<La chiave per arrivare alle stelle era proprio l'acceleratore di particelle subnucleari, carissimi amici! Solo che non era usato correttamente!

Sul modulo europeo e sulla Beniet l'acceleratore formava e sollecitava sopratutto fasci di ioni che si univano alla reazione nucleare creata dal motore atomico, accelerandone di fatto la prestazione ma "sollecitando" a sua volta lo spazio circostante che, se risultava composto di una massa superiore a quella dell'acceleratore stesso, doveva inevitabilmente essere equiparato a quella massa. Da qui l'incidente della Beniet! Tu Arvin avevi compreso tutto questo anche se non l'avevi, forse, stigmatizzato a sufficienza.

In effetti c'era un limite, se la massa da equiparare superava un determinato valore l'acceleratore...semplicemente non avrebbe funzionato!>

<Ecco perché una volta su Marte la Beniet ha potuto spegnere l'acceleratore senza danni e la radiazione del modulo prima e della Beniet poi aveva iniziato a decadere!> <Esatto Arvin! Ma non è la sola implicazione! L'acceleratore può essere usato anche per formare fasce di particelle ancora più piccole e utili ai nostri scopi. Già cento anni or sono, proprio qui su Marte, avevamo sintetizzato con un acceleratore gigantesco costruito nel sottosuolo, alcune particelle chiamate tachioni!

Non è una cosa nuova, oltre mille anni fa, prima ancora delle Fondazioni, i tachioni erano stati scoperti da scienziati australiani sulla Terra!>

<I tachioni!> Esclamò Anna <ma sono una favola!>

<No Anna!> continuò Hesner <Sono una realtà, solo che non se ne parla molto per varie ragioni: una è che pare contraddicano Einstein, e questo per la fisica moderna è inaccettabile, l'altra è che sembravano, fino a sette anni fa, assolutamente inutili, che ce ne facevamo?>

<Quindi sapete come produrre tachioni!> Disse Jennifer.

<Si lo sappiamo.> Continuò Hesner <e ora sappiamo anche come utilizzarli, occorre un particolare acceleratore di particelle subatomiche composto da centinaia di nuovi sistemi ciclotronici collegati fra di loro per produrre un numero di tachioni sufficiente a "sollecitare" di fatto sé stessi!>

<Come sé stessi> interruppi ancora.

<Già, sè stessi, perché i tachioni non potrebbero, per propria natura, sollecitare un mezzo spaziale! L'esperienza della Beniet insegna! Particelle ionizzate atte a sollecitare un motore atomico, sono in grado di accelerare un mezzo spaziale di massa uguale al mezzo usato per produrre le particelle subatomiche stesse! Nel caso dei tachioni essi non accetterebbero nulla di più che una massa pari praticamente a zero!>

<E allora che si fa?> Chiese Arun.

Intervenne Sinclaire: una bella signora di quarant'anni che faceva parte dello staff dei dodici:

<I tachioni, lo sapete, si muovono a velocità superiore a quella della luce e non possono né parificare la velocità della luce né, tanto meno, viaggiare ad una velocità inferiore!

L'acceleratore deve essere gigantesco per produrre un numero sufficiente di tachioni per sollecitare sé stesso. Gli eventuali membri dell'equipaggio, la navetta di trasbordo ed il motore che possa permettere alla nave di muoversi "normalmente" dovranno forzatamente essere ridotti ai minimi termini e senza spazi inutili. Nella fattispecie le navette di trasbordo saranno dei piccoli mezzi robotici collegati al cuore dell'astronave, quindi una massa, complessivamente insignificante!>

Proseguì Hesner: <Un acceleratore che produce tachioni, per essere operativo, deve avere una lunghezza di oltre 20 km.! Qualcosa di gigantesco ed assolutamente disgiunto dal normale motore della nave. Se all'acceleratore aggiungiamo qualcosa, anche insignificante in rapporto alla massa dell'acceleratore stesso, ci occorre una grandezza più elevata in modo che una parte della produzione subatomica possa essere utilizzata per equiparare la massa in eccesso.

Il nostro è lungo 35 km. e largo tre! Tutto il resto, area equipaggio, mezzo robotico, mezzi radio, informatici, motore atomico etc., occupa uno spazio pari a duecento metri quadrati dei quali centotrenta relativi al motore atomico!>

<Che cavolo!> disse Jennifer.

Hesner tagliò corto: <Non servirà di più! Ma proseguiamo. Per arrivare alle stelle, affrontare l'infinitamente grande, abbiamo dovuto esplorare l'infinitamente piccolo! Le particelle cosiddette elementari, che di elementare non hanno poi molto! Siamo andati a vedere se esiste un limite. Si arriva a qualche cosa di così piccolo che non permetta di andare oltre? E cosa accade se si arriva a quel limite? Una particella così piccola da avere un elemento energetico praticamente nullo? Cosa può essere? Possono essere i tachioni?

Le caratteristiche di queste particelle lo fanno ben pensare! Se si fornisce energia, a mezzo di fasci ionici, elettronici etc., ai tachioni, essi rallentano! La loro velocità si avvicina a quella della luce. Se si toglie energia essi accelerano! Fino a che punto? Non siamo in grado di misurarlo esattamente, forse lo potrete fare voi stessi... Per ottenere i tachioni usiamo energia, una volta ottenuti spegniamo gradatamente l'energia. Un numero sufficiente di tachioni finisce per sollecitare sé stessi, quindi l'acceleratore con il suo carico infinitesimale (i duecento metri quadri, nel nostro caso) parte a velocità superiore a quella della luce, di quante volte si potrà sapere solo dopo averlo effettivamente fatto.

Studi approfonditi ci dicono che non vi è un limite, quello che non sappiamo è cosa accade se togliamo completamente l'energia?

Ma altre cose le conosciamo. Innanzitutto è possibile misurare l'effetto tachionico ma solo dall'interno della nave! Inoltre l'effetto einsteiniano di contrazione temporale è una realtà incontrovertibile ma non sappiamo come reagirà in un rapporto di infinitamente grande affrontato dal paradosso dell'infinitamente piccolo. Un sistema inorganico se ne fregherebbe di tutto questo, un sistema organico probabilmente impazzirebbe, ma questo importa poco, vedremo poi perché! Poi sappiamo che le particelle acquisiscono massa infinita ma, essendo di energia zero, questa massa non è rilevabile.

Ne consegue che un'astronave tachionica potrebbe trovarsi in qualunque punto dello spazio in una relazione temporale paradossale e, quindi, difficilmente controllabile, e, praticamente, in modo istantaneo! Capite le implicazioni?>

Tutti restarono in assoluto silenzio, poi mi alzai e cominciai a passeggiare intorno al tavolo, spiluccando distrattamente dalle tartine disposte qua e là, quindi con la bocca piena, dissi:

<Se viaggiamo a massa infinita, a velocità infinita o quasi, vuol dire che finiremo per trovarci in qualsiasi punto dell'universo e praticamente nello stesso momento. Inoltre il nostro senso del tempo verrebbe completamente distorto, passato, presente e futuro nello stesso istante!>

<Analisi parzialmente esatta> mi interruppe Sinclaire: <hai ragione su tutto escluso un solo punto, il vostro tempo si svolgerebbe istantaneamente nel presente e nel futuro, non nel passato!

La contrazione temporale riteniamo sarà inevitabile ma è sconosciuto l'effetto tachionico su di voi, possiamo solo teorizzare ma si potranno avere sorprese. Certo potrete "viaggiare" in senso temporale solo nel presente e nel futuro, non nel passato. Se questo avvenisse il passato vi risulterebbe come una fotografia, assolutamente immobile, statico, e non potreste in alcun modo interagire con esso. Non cercate di tornare indietro, di tornare al vostro tempo, a quando siete partiti. Sarebbe inutile, vi trovereste in un universo senza scopo, senza movimento, freddo e totalmente refrattario ad ogni cambiamento. Forse, non lo sappiamo, rischiereste addirittura di restarne intrappolati diventando a vostra volta come una statua immobilizzata per sempre nel tempo.>

Ammutolii!

Fu Jennifer a dirlo! <Moriremo, saremo morti! Soltanto dei morti possono trovarsi nello stesso momento in qualsiasi parte dell'universo. Solo i morti possono essere nel presente e nel futuro nello stesso istante!>

<Ecco cosa volevi farci capire Devi> sussurrai <quando dicevi *le stelle e la morte!*>

Hesner mi interruppe: <Non le stelle e la morte Arvin, ma le **stelle oltre la morte!**>

Nessuno parlava più. Tornai a sedere e apprezzai molto, come un po tutti, gli alcolici predisposti sul tavolo.

Dopo un poco ricominciammo a parlare, dapprima come un brusio poi, aiutati evidentemente dall'alcool, finimmo per chiacchierare fra di noi in un caos notevole, finché:

<Ragazzi> intervenne Devi <andiamo avanti!>

<Ok Devi> disse Arun <abbiamo compreso alcune delle implicazioni di un viaggio a velocità superiore alla luce. Ma chi muore non torna, oppure no?>

Hesner: <Non in questo caso Arun! Almeno, noi pensiamo di no! Tecnicamente voi non sareste veramente morti ma in uno stato analogo a quello della morte. Se esiste qualcosa oltre la morte pensiamo che lo incontrerete, poiché la vostra è una situazione di morte. Già di per sé questo sarebbe un evento straordinario, perché potreste raccontarcelo! Però dovreste essere in grado di tornare.>

<E come?> chiesi io.

<Immettendo energia!> dopo una pausa Hesner continuò: <Sarete in grado di immettere energia nel sistema dell'acceleratore che rallenterà i tachioni. Lo potrete fare sempre e in questo modo potrete regolare la vostra velocità. Per fermarvi dovrete immettere sufficiente energia da far arrivare i tachioni alla sola velocità della luce, quindi vi basterà spegnere l'acceleratore ed i tachioni si disperderanno nell'universo permettendo a voi di trovarvi in un punto ben preciso dello spazio. Tutto questo, una volta integrati nei componenti della nave, vi risulterà facile, un ordine che darà il vostro stesso corpo. E' come se andaste in automobile e decideste di fermarvi in un punto ben preciso. La similitudine è un po stridente perché nel vostro caso l'automobile si troverebbe istantaneamente in ogni punto dell'universo. Ma dovreste essere in grado di riconoscere un punto dove fermarvi.!>

<Nelle vostre argomentazioni ci sono molti se!> Commentò Anna.

<Hai ragione,> continuò <molta, forse troppa teoria, l'unica possibilità per avere conferme è provare! Ovviamente starà a voi decidere se farlo oppure no.>

<Quindi per viaggiare oltre le stelle dovremo morire!> Disse ancora Anna.

<Si! cara> affermò Devi <voi morirete nello stesso istante in cui i tachioni vi sbalzeranno oltre la velocità della luce. Morirete e acquisirete massa e velocità infinite! Riteniamo però che resterete coscienti di esistere e che potrete diminuire la vostra velocità in modo che sia rilevabile. Potrete fermarvi in un punto dell'universo. Nell'istante in cui vi fermerete "risusciterete", poi quando vorrete ripartire dovrete rimettere in azione l'acceleratore che riprodurrà i tachioni e il processo si ripeterà. Mia cara non sappiamo cosa vi succederà, come un morto può reagire a tutto questo. Potreste ribellarvi e non voler tornare, uno o più di voi. Per questo siete in quattro e accoppiati! Potreste essere soppiantati da altri morti, da altre entità, che cavolo, nessuno è mai morto per poi tornare a spiegare cosa succede! Vedete non vi nascondiamo nulla. Non sappiamo quali altri fenomeni vi accompagneranno, anche fenomeni fisici, in realtà non sappiamo niente! Se tornerete sarete voi a spiegarcelo!>

Se torneremo.... le implicazioni erano sin troppo chiare!

<Ok!> intervenne quasi irata Jennifer <abbiamo capito, e adesso?>

Hesner la guardò e disse: <Non è finita Jennifer! Non è ancora tutto!>

<Cazzo cosa c'è ancora!> sbottai.

<Verrete privati dei vostri corpi Arvin!> continuò Hesner impietoso: <Voi diverrete il cuore della nave. La nave sarà il vostro corpo! E' indispensabile per evitare un aumento di massa considerevole causato dal mantenimento di quattro corpi all'interno dell'astronave, ma non solo... il fattore veramente fondamentale è che per interagire nel vostro status di morte con la nave e lo spazio dovrete essere voi stessi la nave! Questo può avvenire solo se sarete veramente integrati nell'astronave e, crediamo, vi eviterà di impazzire!>

<Credete?...> Commentai.

<E come maledizione pensate di fare, qualcosa alla Frankestein?> Chiese bruscamente una Jennifer abbastanza esasperata.

<Useremo i vostri cervelli, essi verranno inseriti in un'ambientazione utile, con supporti di mantenimento e nutritivi. Sarete integrati fra di voi e diventerete la nave spaziale! Una volta ritornati verrete reinseriti nei vostri corpi. Abbiamo le tecniche sufficienti per mantenere i vostri corpi in vita fino al vostro rientro.>

<Come sono felice!> Commentai <C'è dell'altro?>

Hesner ci disse:

<Direi di no! le cose fondamentali ormai le conoscete. Andrete su Giapeto, il satellite di Saturno! Giapeto è totalmente occupato dalle nostre strutture. Là sono già pronti ad effettuare l'operazione. Viaggerete sulla Roma, una delle meglio attrezzate navi interplanetarie dell'**Agenzia**. Il viaggio durerà all'incirca due anni! Passerete il vostro tempo a ripassare i vostri, studi, a fare esercitazioni e simulazioni, studierete in particolare i fenomeni esoterici e paranormali, i fantasmi, ogni cosa analoga. Ma, sopratutto, dovrete integrarvi tra di voi, cosa che avete fatto molto bene, sin dall'inizio. Imparate a conoscervi, a conoscere i vostri corpi, finché potrete, e le vostre anime! Non abbiate segreti fra di voi, sarebbe inutile! In due anni l'astronave sarà pronta, mancherà solo il cuore ed il cuore siete voi! La prima astronave interstellare dell'umanità si chiama Maja, è stato un suggerimento di Devi e un suggerimento di Devi per noi è...... un ordine! Su Giapeto subirete l'operazione e manterranno i vostri corpi originali.

Vi sentirete sperduti, senza corpo, usate il tempo che vi resterà per "assemblarvi" tra di voi, dovrete agire come una sola persona, per cui dovrete imparare tutto l'uno dell'altro essere integrati fra di voi! Fatta l'operazione resterete su Giapeto ancora otto mesi. Avrete il tempo per abituarvi al nuovo stato. Verranno fatte alcune esercitazioni e sarete il "cuore" di alcuni sistemi robotici che abbiamo già preparato e che userete per muovervi sulla superficie del satellite. Stiamo anche preparando un piccolo modulo spaziale per abituarvi ed esercitarvi anche con quello. Queste esercitazioni serviranno ad abituarvi a "riavere un corpo", i robot saranno il vostro corpo e così il modulo , ma il vostro vero corpo sarà l'astronave. Quando Plutone passerà all'interno dell'orbita di Saturno partirete alla sua volta. Quando arriverete verrete inseriti nell'astronave che diverrà il vostro corpo, le vostre braccia, le mani, i piedi, le gambe, sarete Maja!>

Hesner tacque, poco dopo Devi si versò del vino, si alzò in piedi col bicchiere in mano e disse:

<Abbiamo concluso amici miei! Ora tornerete nel vostro vecchio alloggiamento, sarete in libertà per una settimana, l'avete meritato. Fate quello che vi pare, siete liberi. Alla fine

della settimana attaccatevi a qualunque personal dell'**Agenzia** e chiamate la sigla 45AWX1, segnatevela non temete, questa sigla potrà essere usata solo da ognuno di voi ed una sola volta! Ripeto 45AWX1. Dovrete farlo il settimo giorno, non prima e non dopo! Chiamate questa sigla e informate scrivendo alla consolle del personal se accettate la missione o no. Un se, ma, forse, sarà per noi no! Un ritardo o anticipo anche solo di poco tempo nella chiamata sarà per noi un no! Uno solo di voi che dirà no lo dirà per tutta l'equipe. Se il vostro responso sarà negativo verrete inseriti nello staff che monitorerà la prossima equipe e la seguirete passo per passo fino alla loro partenza. Se sarà positivo riceverete gli ordini successivi. Se supererete i successivi test partirete con la Roma, altrimenti entrerete nel nostro staff. In qualunque momento fino alla vostra partenza per le stelle, potrete recedere dalla vostra decisione; quindi anche dopo essere stati "scorporati". Se questo avvenisse verrete reintegrati e farete parte del nostro staff. Uno solo di voi potrà decidere per tutti! O siete convinti tutti e quattro o nessuno! Se accetterete e non verrete né scartati né recederete dalla vostra decisione, noi non ci vedremo più! Sarà Hesner a seguirvi fino alla vostra partenza per le stelle, poi tutto sarà in mano di Dio e vostra!>

Devi tacque... poi.... riprese: <Se potessi.... ma, forse toccherà a voi! La conquista delle stelle è anche la conquista della morte! Credo che i nostri avi fondatori lo sapessero! Io credo che loro siano là! Credo che stiano viaggiando fra le stelle, forse nella vostra avventura potrete incontrarli, se accadrà salutateli e dite loro che non abbiamo ceduto, che andiamo avanti, avanti... insieme a loro! Permettetemi un brindisi: alla loro salute, voi non sarete i primi, qualcuno è andato prima di voi!>

Bevve e spezzò il bicchiere a terra, una cosa mai vista, ma tutti i presenti fecero la stessa cosa!

Accettammo!

Ci sottoposero ai più ignobili ricatti psicologici ed alle perversioni dei peggiori psichiatri del sistema, ci trovarono completamente pazzi e quindi ci ritennero idonei! Hesner venne da noi, ci obbligò a lasciare tutte le nostre cose e si imbarcò sulla Roma insieme a noi: Destinazione Saturno!

# 10

*(noi oggi)*

*Sapevamo di essere tornati, ma non riconoscevamo nulla di quello che ci circondava. Eravamo molto confusi e preoccupati.*

*Passò del tempo, non sapevamo bene quanto, poi, un giorno, cambiò qualcosa!*

*Entrò una donna piuttosto graziosa anche se un po troppo alta! Accostò vicino a noi uno di quei strani monitor vuoti all'interno. Fece qualcosa e apparve una piccola figura tridimensionale in movimento. Era familiare, poi... capimmo: era lei stessa che si mostrava all'interno di quel curioso aggeggio!*

*La donna disse una parola. Non era facilmente comprensibile, parlava con un accento strano, quasi strascicato. Continuò pazientemente a ripetere la stessa parola ed a indicare il monitor dove lei stessa si muoveva: Capimmo! Diceva: Ciruan .... Ciruan ..... Ciruan....*

*Fu un fulmine a ciel sereno: lei era Ciruan.*

*Ripetemmo il nome: Ciruan!*

*Lei si fermò subito, sorrise, sembrava felice! Spense il monitor e guardandoci ripeté indicandosi: Ciruan!*

*Poi riaccese il monitor dove apparve la Terra!*

*Disse un nome, evidentemente Terra nella sua lingua. Continuò col suo strano linguaggio:*

*Terra .... Terra .... Terra.*

*Ripetemmo lo stesso nome anche noi!*

*La comunicazione era iniziata!*

*Fu un lavoro lungo, Ciruan ci aiutò con un piccolo processore di memoria che riuscì a installare presso di noi.*

*Arrivammo così a comprendere oltre 4.000 vocaboli. La grammatica era ancora un mistero ma potevamo iniziare una comunicazione seria e così accadde!*

*Arrivò ancora Ciruan, sembrava sola ma disse:*

*<Iniziamo a comunicare, lo faremo insieme a Controllo, il sistema computerizzato della nostra cultura. Vi faremo delle domande ed, a vostra volta, chiedeteci quello che volete, vi risponderemo senza problemi. Siete d'accordo?>*

*<Certo>, rispondemmo, <chi siete? Siete umani?>*

*<Si siamo umani> rispose Ciruan <e voi?>*

*<Anche noi!>*

*<Siete una sola entità?>*

*<No! siamo in quattro! Dove siamo esattamente?>*

*<Siete su un satellite di Plutone, in una nostra base ben attrezzata.> disse ancora Ciruan.*

*Poi ascoltammo una voce maschile che pareva provenire dalle pareti:*

*<Sono Controllo, vorremmo studiare la vostra nave, ci permettete di smantellarla?>*

*<Aspettate un momento!>* Rispondemmo *<Prima vorremmo capire meglio la nostra situazione, vi dispiace?>*

*<No affatto!>* rispose la voce *<Aspetteremo fino a quando vorrete voi. Nessun problema. Potete dirci da dove venite?>*

*<Dalle stelle, oltre la morte!>* Rispondemmo.

*<Non capisco>* intervenne Ciruan.

*<Siamo partiti da Plutone nell'anno 3113 con la nave stellare Maja, l'astronave dove ci avete trovato, per arrivare alle stelle!>*

*Controllo ci interruppe:* *<Quale anno?>* *<3113>* ripetemmo.

*<Quindi circa tremila anni fa!>* commentò Controllo *<Ma, non ne sapevamo nulla!>*

*<Non sappiamo che dirvi! L'anno era quello, conoscete l'**Agenzia**?>*

*<L'**Agenzia**?... cos'è un'organizzazione segreta?>*

*<Niente affatto... ma l'**Agenzia** esiste ancora?>*

*<No che io sappia!>* Disse Controllo evidentemente perplesso. Intervenne Ciruan: *<Come fate il computo degli anni?>*

*<Ma... 3113 anni dopo Cristo ovviamente!>*

*<Dopo chi?>* Disse Ciruan.

*<Dopo Cristo... ma.... non sapete chi è?>*

*<No! Non lo abbiamo mai sentito, chi è?>*

*Restammo un momento in silenzio poi:* *<Non importa! E' ovvio che qualcosa non torna.>*

*<Si!>* esclamò Controllo *<il nostro modo di contare gli anni è chiaramente diverso dal vostro. Per noi sono anni galattici e siamo nel 6227. Voi come calcolavate un anno? O come lo calcolerete, pensate di venire dal passato o dal futuro, da qualche diversa dimensione?>*

*<Il nostro anno si basava sul tempo che il pianeta Terra impiega a girare intorno al Sole. Siamo assolutamente certi di venire dal passato. Non possiamo escludere a priori di venire da un'altra dimensione ma..... lo riteniamo improbabile.>*

*<Sulla base di quanto ci dite il nostro anno sarebbe circa un terzo più lungo del vostro>* continuò Controllo *<prima del computo cui attualmente siamo abituati, usavamo un sistema di calcolo inerente tutto il sistema solare. Il modo di calcolare l'anno in base alla rotazione terrestre non ci è sconosciuto. Risale a 19.000 anni or sono, dei vostri anni, ma non faceva riferimento a Cristo, bensì a fatti storici e scientifici che avevano coinvolto l'umanità. Non esiste una memoria storica del vostro modo di computare gli anni!>*

*Restammo in silenzio, poi:* *<A quando risale la vostra memoria storica?>*

*<Circa 30.000 dei vostri anni!>* Rispose impietoso Controllo!

*Ciruan decise che poteva bastare, si accomiatò da noi.*

*Erano passati almeno 30.000 anni!*

*Elisa l'aveva detto: l'**Agenzia** non ci avrebbe aspettato, ci avevano dato un ordine e avevamo ubbidito ma il nostro mondo non esisteva più!*

*Dopo qualche tempo tornò Ciruan e riprendemmo la nostra conversazione:*

*<Avete detto di arrivare dalle stelle. Anche noi, o meglio l'umanità di oggi, è arrivata alle stelle!>*

*<Avete astronavi interstellari? Saranno certo migliori della nostra dopo tutto questo tempo! Chissà quanti problemi avrete risolto!>*

*<Si!>* Continuò Ciruan *<abbiamo astronavi interstellari ed abbiamo colonizzato diversi sistemi non troppo lontani, ma il viaggio è ancora lunghissimo, i nostri coloni partono in*

*ibernazione. Voi dovreste essere andati molto molto lontano, penso, ed evidentemente avete bypassato l'ibernazione!>*

*Restammo interdetti, poi: <Abbiamo viaggiato oltre la luce Ciruan!>*

*<Cosa volete dire? Avete superato la velocità della luce? Ma non è possibile!><L'abbiamo fatto! E' possibile!>*

# 11

*(ieri)*

Due anni possono essere pochi, sopratutto quando sono gli ultimi con il tuo corpo! Lo sfruttammo fino all'impossibile, il nostro corpo. Fra uno studio e l'altro, un esperimento e l'altro, esperienze esoteriche con un tavolino o un bicchiere che si muoveva da solo e varie simulazioni, facevamo l'amore! In coppia, in gruppo come capitava!

Gli uomini dell'equipaggio ci guardavano con orrore, sospetto e rispetto! Era ovvio che non sapevano bene cosa pensare di noi!

Avremmo potuto coinvolgerli nelle nostre performance ma, non so bene perché, non lo facemmo mai!

Arrivò il momento del nostro arrivo su Giapeto. Dal satellite si vedeva il gigantesco Saturno in tutta la sua grandiosità e bellezza. Era assolutamente meraviglioso con i suoi anelli ed i suoi colori impossibili!

Guardandolo capimmo perché ci eravamo imbarcati in questa avventura impossibile e assurda!

Hesner ci mostrò il nostro alloggio poi ci informò:

<Vi lascio ancora una settimana per riflettere, se non cambiate idea alla fine della settimana verrò a prendervi ed a portarvi nei laboratori dove sarete "scorporati". Siete liberi di girare per tutta la stazione. Arrivederci.>

Ci trovammo soli. Nell'appartamento vi era tutto quello di cui potevamo avere necessità.

Ci cambiammo e iniziammo ad esplorare la stazione.

Di fatto più che una stazione era una città! Vi era di tutto, compresi locali di intrattenimento, bar e chi più ne ha più ne metta! Ovviamente vi erano anche uffici, laboratori, hangar spaziali e Dio sa cosa! Ma decidemmo di stare ben lontani da tutto questo!

Restavamo, però, affascinati da Saturno e, tutte le volte che potevamo, andavamo nei vari belvedere per ammirarlo. Uscimmo anche, protetti da tute o da mezzi di superficie pressurizzati, all'esterno di Giapeto.

Ma il posto che preferivamo era il "Bar degli Anelli"! Un locale dal nome sicuramente scontato dove, tra un drink e l'altro, uno spettacolo e l'altro, si ammirava veramente bene Saturno in tutta la sua imponenza!

Passò così la nostra ultima settimana da "esseri umani". Venne Hesner che domandò:

<Siete rinsaviti? avete cambiato idea?>

<No! Hesner!> Rispose per tutti Jennifer <procediamo!>

Hesner ci guardò uno per uno e aggiunse: <Siete tutti d'accordo?>

<Io non lascerei Jennifer per nessuna ragione al mondo! Si! voglio procedere!> Risposi.

<Questa avventura non me la voglio perdere, procediamo!> Intervenne Anna.

<Voglio andare a prendere Dio per la coda, procediamo!> Era un Arun insolitamente irrispettoso.

<Ok!> Concluse Hesner <Abbiamo bisogno di pazzi come voi!> Ci strinse la mano e ci accompagnò al laboratorio.

Là trovammo un'equipe di 22 persone ad attenderci! Una vera folla! Il gruppo ci accolse con un applauso! Non sapevamo bene cosa dire o fare, ci salvò un signore piuttosto attempato, in rigoroso camice bianco, che ci disse:

<Accomodatevi, devo spiegarvi come procederemo!>

Ci sedemmo su alcuni divani e ci offrirono qualcosa da bere, poi:

<Mi chiamo Manuel Serpige, sono a capo dell'equipe che opererà la disiscorporazione. Voi siete al corrente di ogni cosa e avete una sufficienza conoscenza degli aspetti medici e psicologici collegati ad essa. Non è una cosa completamente nuova, in qualche caso sono già stati effettuati diversi trapianti del cervello. La nostra equipe ne ha portati a termine con successo ben undici.>

<E quanti ne avete falliti?> Chiese Anna.

<Nessuno!> disse Manuel quasi offeso. <Abbiamo tecniche sufficientemente avanzate e collaudate, tutte già da qualche tempo donate ai governi della Terra. Il vostro caso è molto diverso ma non ci aspettiamo problemi. E' però necessario che voi conosciate varie implicazioni di questa operazione.>

Ci invitò ad alzarci ed a seguirlo. Ci portò ad un grosso contenitore di colore nero, era una specie di scatola rettangolare, grande un metro per cinquanta centimetri. Vi erano collegati numerosi sensori e marchingegni curiosi.

<E' qui che verrete inseriti!> Ci disse < il contenitore ha diversi sensori che verranno assemblati a numerosi supporti ed infine alla nave e vi permetteranno, in qualche modo, di riavere la sensazione di possedere un corpo, solo che quel corpo sarà l'astronave stessa! Potrete regolare tutte le attività della nave effettuando quelli che vi appariranno come dei gesti o dei movimenti o anche dei semplici comandi. Il vostro cervello verrà potenziato! Inseriremo elementi organici ed inorganici che aumenteranno la vostra memoria e vi permetteranno funzioni che ora non siete in grado di compiere. Le sinapsi saranno coadiuvate da nano macchine che accelereranno immensamente i vostri processi mentali.>

<Nano macchine?> Interruppi.

<Si! certo, nano macchine,> continuò <in mille anni l'**Agenzia** ha fatto passi da gigante ed abbiamo una tecnologia non sempre condivisa con i governi della Terra. Ma proseguiamo.... I cervelli, inseriti nel vostro contenitore, verranno alimentati e protetti da un complesso nutritivo e rigenerante che vedete attualmente qui.> Indicò una specie di piccola cisterna collegata al contenitore da tubi flessibili e sensori.

<Questo complesso organico ossigenerà i vostri cervelli e fungerà da sangue, grazie ad un complesso come questo potrete praticamente vivere in eterno! Attraverso queste uscite,>

Continuò indicando diversi piccoli sistemi inseriti in svariati punti del contenitore, <potrete comunicare con il mondo esterno, parlare ascoltare e vedere. Avrete inoltre una vista piuttosto poliedrica con la possibilità di recepire campi luminosi che l'uomo non è in grado di vedere, quali l'infrarosso o gli ultravioletti. Ma dovrete dare un ordine mentale ben preciso per farlo, vogliamo evitarvi un disorientamento visivo, normalmente vedrete

esattamente come ora. Il tatto verrà sostituito da piccoli e brevi segnali radio-acustici, qualcosa che va ad assemblare le capacità dei pipistrelli con una specie di comunicazione tattile data dai segnali stessi. L'impressione sarà quella di "annusare" e "leccare" i componenti vicini a voi.>

Si fermò, chiese ad un suo assistente un bicchiere d'acqua, poi continuò:

<Voi siete in quattro, i vostri cervelli verranno assemblati fra di loro. Tutto questo farà sì che agirete non come quattro entità separate ma come una sola! Non fraintendetemi, voi continuerete ad avere le vostre personalità ben distinte, ma i ricordi, la memoria, le esperienze che avrete e le decisioni, saranno comuni! Vi sarà, inevitabilmente, un periodo di disorientamento. Queste quattro assistenti> disse indicandoci quattro giovani ragazze anch'esse in camice bianco <resteranno sempre con voi, vi parleranno in continuazione, vi consiglieranno, vi inviteranno ad agire in determinati modi fino a quando non risponderete, a quel punto sarete voi e solo voi a condurre il gioco.> Quindi ci fece vedere una grossa e strana macchina posta nelle vicinanze. <Questo è un mezzo robotico! Dopo un periodo che definirei di affiatamento, durante il quale dovrete abituarvi al vostro nuovo stato, verrete inseriti in questo robot. La macchina ha sensori che verranno collegati a voi, nonché un complesso per organico analogo a quello che vi ho fatto vedere. In questo modo potrete iniziare ad abituarvi ad usare un nuovo corpo meccanico. Il Robot, infatti, vi sembrerà il vostro corpo, potrete muovervi, uscire nello spazio, e fare quello che volete. Abbiamo assemblato per voi anche una navetta spaziale.

In seguito verrete inseriti nella navetta, potrete viaggiare nello spazio e abituarvi ad avere una piccola nave spaziale come corpo!...>

Jennifer, con una certa preoccupazione, lo interruppe:

<Potremo fare l'amore?> Gli chiese.

<Si! Questo è importante! Non solo potrete fare l'amore ma ne troverete una soddisfazione che mai avete provato prima! Da questo punto di vista vi invidio un poco. Potrete farlo individualmente oppure contemporaneamente tutti e quattro! Tenete conto che, anche se lo farete individualmente, tutti voi sentirete le medesime sensazioni! Questo grazie all'ipotalamo dei vostri cervelli ed alle ghiandole endocrine che sono inserite artificialmente nel complesso nutritivo. Sarà sufficiente la vostra volontà, un ordine del vostro cervello.> Tacque un momento, poi continuò: <Occorreranno quasi otto mesi prima di farvi partire per Plutone, questo periodo dovrà essere utilizzato per abituarvi al vostro nuovo stato, integrarvi fra di voi, apprendere ad utilizzare il robot e la navetta come se fosse il vostro corpo. Ma la prima cosa da fare sarà abituarvi alla scorporizzazione, al collegamento comune cui sarete sottoposti, ad essere uno solo in quattro entità distinte, a comunicare con l'esterno ed alle sensazioni visive.

Non sappiamo quanto tempo sarà necessario, ma solo dopo questo processo verrete inseriti nel "corpo" del robot.>

Tacque... poi: <Avete domande?> Non rispondemmo subito, poi Arun:

<Non so gli altri ma... io ho paura. Non fraintendetemi, non intendo minimamente tirarmi indietro. Ci state offrendo una grande avventura, un'opportunità unica i cui risvolti sono incredibilmente affascinanti: le stelle oltre la morte! Non ci rinuncerei per nulla al mondo! Ma questo sentimento di paura resta!>

Anna disse, dolcemente: <Tutti noi abbiamo paura Arun. E' normale, stiamo per fare qualcosa di nuovo, stiamo per superare frontiere sconosciute, sarebbe strano se non avessimo paura...>

<E' vero!> Intervenne una donna piuttosto piacente che ci aveva seguito durante l'esposizione di Manuel. <E' normale avere paura, sarei decisamente preoccupata se non fosse così. Mi presento: sono Arianna Solari, la vostra psicologa. Seguirò tutti i passaggi cui verrete sottoposti, se avrete bisogno di me ci sarò!>

A questo punto Manuel ci condusse in un'altra stanza:

<Qui verranno conservati i vostri corpi in attesa del vostro ritorno! Saranno nutriti e tenuti in vita, ovviamente una vita vegetale. Potremo conservarli per tutto il tempo necessario, anche se tornaste fra diecimila anni li ritroverete intatti!>

Quasi un presentimento.... chiesi:

<E se torniamo fra ventimila anni?> Non rispose.

<Bene ragazzi!> Esclamò Manuel <Possiamo procedere?>

Annuimmo.

Ci fecero sdraiare su quattro lettini già predisposti, pareva una sala operatoria abbastanza normale.

Un inserviente inserì nei nostri corpi una endovena evidentemente collegata a qualche cosa. Ci addormentammo istantaneamente, non c'era più tempo per avere paura!

*(oggi)*

Ciruan era stupefatta! Quanto stava accadendo era assolutamente eccezionale, intuiva che si trattava di qualche cosa che avrebbe cambiato la storia dell'umanità!

Non tutti i dubbi erano stati fugati. L'analisi dell'astronave e dei quattro cervelli, dimostravano ormai con assoluta certezza che si trattava di umani! Ma da dove venivano? Possibile che venissero dalla preistoria?

<Controllo!> Chiamò dalla sua piccola stanza dove era stata alloggiata.

<Si Ciruan> rispose immediatamente l'immenso sistema computerizzato. <Vorrei trasferire i quattro cervelli su Plutone.>

<Su Plutone? Perché?>

<Si! Sul pianeta vi è un'antichissima base umana, si pensa sia addirittura preistorica, forse i cervelli la conoscono, che ne pensi?>

<Potrebbe essere una buona idea, perché no! Ma sarebbe bene cercare di sapere qualche cosa di più dai cervelli e... inserirli in un modulo robotico in modo da renderli maggiormente autonomi.>

<Si può fare?>

<Credo di si, ma dovremo parlarne con i cervelli e sarebbe bene avere la loro collaborazione.>

<Pensi che abbiano veramente superato la velocità della luce?> Insistette Ciruan.

<Solo dalle loro risposte potremo avere o meno delle conferme.> Tagliò corto Controllo, piuttosto pragmatico.

Ciruan doveva riposare, ma non riusciva. Si recò alla sala comune, aveva bisogno di distrarsi, di parlare con qualcuno che non fosse una voce sorta dal nulla! Voleva ubriacarsi!

Vi era molta gente, un caldo brusio permeava tutta la sala. Dalle pareti usciva una musica soffusa ma allegra. Le persone erano vestite con quei curiosi "sai" coloratissimi. Alcuni portavano delle cinture altri li lasciavano scorrere liberi sul corpo.

Ciruan si recò al bar dove trovò una consolle libera. Ordinò al sistema computerizzato una blumarine liscia. Poi un'altra e un'altra ancora!

Non passò inosservata ed un gruppetto di uomini e donne si unirono presto a lei. Una ragazzina di piacevole aspetto si presentò:

<Sono Vers e questi sono miei amici.> Disse indicando il gruppetto che l'attorniava.

<Tu devi essere Ciruan, credo.>

<Sì!> le rispose sorridendo e un po brilla Ciruan <Come fai a conoscermi?>

<Ma credo che tutti ti conoscano Ciruan! Qui al Centro, ma sicuramente in tutto il sistema, sei diventata famosa. Non c'è mai stato un evento simile a quello dei quattro cervelli! Tutti studiamo e conosciamo quello che fai!> <Già,> commentò Ciruan <hai ragione, è un evento unico e straordinario!> <Ma, forse, desideri dimenticarlo per un po di tempo, vero Ciruan?> Commentò Vers dolcemente.

<Io sono in forza con un sottosistema di Plutone, vado e vengo dai satelliti al pianeta, un lavoro abbastanza interessante; come sai da qui partono decine di astronavi per le stelle e, qualche volta, ritornano anche! Certo non ci si poteva aspettare un ritorno come quello dei quattro cervelli!....> Dopo una pausa continuò:

<Io sono femmina da quasi tre anni, presto tornerò maschio, mi sono stancata delle tette! E tu?>

<Anch'io ero maschio ma mi trovo bene nel mio nuovo stato... che ne dici lo andiamo a provare?>

Al tempo di Ciruan non esisteva più alcun tipo di tabù sessuale, fecero l'amore in pubblico senza alcun problema. Fu un momento piacevole per la donna sin troppo stressata, ne aveva bisogno.

In seguito si recò nella sua stanza, una buona doccia e qualche ora di sonno la ritemprarono completamente. Fu pronta a tornare al suo lavoro.

Si ritrovò davanti ai quattro cervelli, si sedette vicino a loro e, finalmente rilassata, iniziò un nuovo colloquio:

<Dunque affermate di avere superato la velocità della luce, ma questo è impossibile!>

<No!> risposero i cervelli <Noi ne siamo la prova, l'abbiamo fatto! Nello scomparto di Maja, così si chiama la nostra Astronave Interstellare, dove ci avete trovato, vi è un sistema di registrazione che potrà informarvi su ogni cosa, capirete che stiamo dicendo la verità!>

<In effetti abbiamo trovato questo sistema,> intervenne Controllo <ma non siamo riusciti a comprenderlo!>

<Occorre che lo smantellate dalle parti di Maja e lo portiate a noi. Il sistema è strettamente collegato alle nostre sinapsi e riconosce soltanto noi. Si è voluto fare così per evitare la possibilità di un intervento esterno ostile, capirete che quando siamo partiti non sapevamo nulla di quello che sarebbe accaduto realmente e di cosa avremmo trovato. Sarà sufficiente un collegamento ad una

qualsiasi delle entrate che avete trovato davanti al nostro contenitore, dopo di che potremo trasmetterlo ad una consolle. Pensate di poterlo fare?> <Si!> Assicurò Controllo <I nostri tecnici hanno studiato con attenzione le entrate e uscite del vostro contenitore, siamo certamente in grado di costruire quella che voi chiamate consolle, sto già dando disposizioni in merito.> Ciruan continuò: <Nel vostro viaggio avete incontrato elementi ostili? Alieni con elevata tecnologia? Mondi ospitali?>

<Abbiamo rallentato ben 77 volte, in alcuni casi abbiamo trovato sistemi solari dotati di pianeti. In tre casi abbiamo trovato pianeti che hanno sviluppato forme di vita, uno era abbastanza simile alla Terra. Non abbiamo trovato forme di vita avanzate, nessun alieno! Una volta abbiamo incontrato il relitto di un qualcosa che assomigliava molto ad una piccola base spaziale, non vi era alcuna forma di vita né i resti di essa. Il relitto era stato abbandonato molto tempo prima e le micrometeoriti l'avevano ridotto piuttosto male. Era evidente che si trattava di un manufatto alieno. Il livello di tecnologia appariva superiore al nostro ma nulla funzionava e non abbiamo trovato niente che ricordasse una registrazione di qualsiasi tipo. Quello che restava delle strumentazioni faceva comprendere che la base era stata utilizzata da esseri molto diversi da noi, forse a base tentacolare, non siamo stati in grado di sapere altro né fare alcuna congettura, era troppo deteriorata. Questo è tutto!>

<Quindi esistono gli alieni!> Sbottò Ciruan.

<Si, certo, ma non è così facile trovarli. Anche noi vorremmo delle informazioni sulla storia della Terra, la vostra civiltà, un po di tutto, è possibile?>

<Certamente> intervenne Controllo <a questo punto siamo in grado di farlo. Terminato il nostro colloquio verrà assemblato presso di voi un sistema informatico, useremo una delle vostre entrate, in questo modo potrete avere tutte le informazioni che desiderate, sarà per voi sufficiente richiederle o ricercare gli argomenti che vi interessano.>

<Perfetto.>

<Quanto è durato il vostro viaggio?> Chiese Ciruan.

<Non lo sappiamo!> Risposero i cervelli.

<Come non lo sapete!> Insistette Ciruan.

<No! Il nostro senso temporale, durante gli spostamenti più veloci della luce, è stato totalmente falsato. Possiamo solo dirti che le 77 volte in cui abbiamo rallentato hanno comportato un passaggio temporale pari a sei dei nostri anni. Non sappiamo neppure dove ci siamo fermati! Non riconoscevamo nulla intorno a noi, nessun valido parametro stellare che ci permettesse di comprendere dove eravamo! Però siamo in grado di ritrovare i siti delle nostre soste grazie ad una specie di imprinting che appare nelle nostre coscienze tutte le volte che superiamo la velocità della luce. E' stato questo imprinting a permetterci di ritornare qui!

Attenzione qui dove volevamo venire, perché in realtà il luogo dal quale siamo partiti è sicuramente molto lontano da qui, sapete bene che il Sole ed i pianeti del sistema, girano intorno all'asse galattico, non sta certamente fermo ad aspettare il nostro rientro, il vostro stesso anno si basa sulla rotazione galattica. Inoltre anche le galassie si muovono e molto più velocemente di quanto si creda. Si muovono gli ammassi galattici, l'intero universo! Se sapessimo quanto tempo effettivamente è trascorso allora forse sapremmo anche ritornare al punto dove siamo effettivamente partiti ma, non vi troveremmo nulla. Il nostro imprinting, però, ci permette di ritrovare il posto **dove vogliamo andare, a condizione di esserci già stati**! E così è avvenuto!>

<Quando parlate di rallentare cosa intendete esattamente?> Chiese Controllo.

<Viaggiare al di sotto della velocità della luce, assumendo quindi massa, velocità e senso temporale più o meno normali.>

<Il vostro stato di solo cervelli> chiese ancora Ciruan <ha una ragione legata allo superamento della velocità della luce? Cosa è accaduto quando avete superato questo limite.>

<Sei molto perspicace Ciruan!> Commentarono i cervelli <Si, siamo così proprio per facilitare la transizione oltre la luce. Capirete meglio quando potrete leggere il nostro sistema di registrazione. Tu ci chiedi cosa è accaduto quando siamo andati oltre la luce!..... Siamo morti Ciruan!>

<Morti!> Esclamò.

<Si morti! E non è stato facile decidere di dare energia per rallentare, cioè non è stato facile decidere di ritornare a vivere! Lo abbiamo fatto ed eccoci qua!>

Intervenne Controllo:

<Desideriamo spostarvi su Plutone, l'idea è di Ciruan. Su Plutone esiste un'antichissima base umana, forse risale al vostro tempo, non lo sappiamo, vi è un centro molto ben attrezzato sia medico che scientifico, dove potremo anche continuare i nostri incontri. Siete d'accordo ad un trasferimento?>

Un brivido, quasi una premonizione, attraversò i cervelli: Plutone, certo, forse era veramente quella l'antica base dell'**Agenzia**?

<Certo! trasferiamoci e presto!> Dissero i quattro.

<Ormai ne sappiamo anche abbastanza per potervi inserire in un sistema robotico autonomo,>

continuò Controllo <se siete d'accordo potremmo procedere, riavreste in qualche modo una specie di corpo!>

I Cervelli tacquero per un poco, sembrava quasi di rivivere l'inizio della loro avventura! Poi:

<Avevamo un corpo simile al vostro. I nostri cervelli sono più grandi in forza di un inserimento organico non naturale ma costruito in vitro per poter immettere dei processori di memoria e delle nano macchine che ci permettono di integrarci meglio sia fra noi quattro, sia col nostro nuovo corpo.>

<Il vostro nuovo corpo?> interruppe Ciruan.

< Si! l'astronave era il nostro nuovo corpo e, da quando ci avete disinserito, ci sentiamo come privi degli arti e di tutto un sistema sensoriale che avevamo in precedenza. Insomma ci sentiamo come se fossimo senza il corpo!>

<Rivolete il vostro corpo, cioè rivolete essere reintegrati nell'astronave?> Chiese Controllo.

<... Non lo sappiamo... dobbiamo decidere, per il momento mantenete la nave integra!>

Risposero i cervelli dopo una pausa.

<Se decideremo diversamente e se è possibile vorremmo riavere i nostri corpi originali, ma supponiamo non esistano più.>

Controllo disse: <Possiamo rifarli se volete, basta una sola cellula del vostro cervello e possiamo clonare i vostri corpi originali! Ovviamente dovremo eliminare l'inserimento organico aggiunto al vostro cervello, dovremo studiare la cosa con attenzione per evitarvi danni e perdita di memoria ma ritengo che se lo vorrete sia possibile.>

<Ma se ci clonate, saremo sempre noi?> Chiesero i cervelli.

<Capisco cosa volete dire> rispose Controllo dopo una breve pausa <siamo in grado di clonare i vostri quattro corpi esattamente come erano al momento della vostra disiscorporazione! Saranno assolutamente perfetti e privi di malattie o malformazioni e senza il cervello! Potremo poi inserire i vostri cervelli all'interno della testa del corpo clonato. E' un'operazione abbastanza complessa ma siamo in grado di farla. Tecniche simili vengono usate in caso di gravi incidenti, non è una novità.

Perciò sarete esattamente quello che siete ora e che eravate prima. Manterrete la vostra identità, la vostra coscienza, la vostra memoria. Insomma sarete voi!>

I cervelli tacquero per un poco poi: <Procediamo come hai suggerito al trasferimento su Plutone e l'inserimento in un corpo robotico, poi vedremo...>

Ciruan stava rimuginando fra sé e sé, chiese:

<Ma se siete stati oltre la morte, cosa potete dirci di questo stato?>

<Capiamo la tua curiosità molto bene, nonché la tua bramosia di sapere... Crediamo che ogni cosa si riduca ad una sola volontà di conoscere: Cosa accade? Chi siamo, dove andiamo? Esiste Dio? Le domande di sempre!!! Non siamo in grado di darvi molte risposte come sicuramente vorreste. Noi abbiamo viaggiato oltre la morte! Non abbiamo visto Dio! Però sappiamo che c'è ma è su un piano elevatissimo. Abbiamo vissuto una sequenza di paradossi terrificante ed assolutamente incomprensibile per la nostra coscienza umana, non siamo impazziti e non abbiamo ceduto al desiderio di "andare oltre" solo a causa del nostro particolare stato e di stimoli che ci hanno permesso di "ritrarci" in tempo. L'universo come lo conosciamo è solo una parte infinitesimale del cosmo! Dio è tutto, siamo noi, voi, ogni cosa, ed è perfettamente cosciente.

Nella nostra straordinaria esperienza ci siamo trovati in ogni luogo dell'universo come noi lo conosciamo praticamente nello stesso istante, così fa Dio. Oltre la luce è così. A differenza di noi Egli controlla anche il tempo, quindi conosce intimamente ognuno di noi, ogni pietra ogni oggetto perché Lui è ognuno di noi, ogni pietra ogni oggetto ed è cosciente!

Tutto è vero, tutto è reale nell'infinito. Nel passato del nostro tempo, ma anche nella nostra stessa epoca, quando qualcuno moriva si guardava verso l'alto, verso le stelle, verso l'infinito e, per consolarci dicevamo, è là, fra le stelle... Una volta si poteva pensare che fosse una speranza istintiva, oggi noi sappiamo che, in qualche modo, è proprio così!

Viaggiando oltre la luce si riconosce l'infinità dell'universo e del cosmo. Non è pensabile un universo che possa finire. Cosa ci sarà oltre? Oltre c'è sempre qualcosa. E' la coscienza dell'infinito. Tutto è vero! Tutto accade , è accaduto e accadrà! Ma i nostri piccoli cervelli non possono concepire il concetto di infinito.

Non possiamo comprenderlo, solo teorizzarlo, ma comprenderlo no! Vorrebbe dire comprendere Dio! Cercare di comprenderlo, come accade inevitabilmente viaggiando oltre la luce, oltre le stelle, oltre la morte, può fare impazzire le nostre piccole menti! E' stata questa la nostra fortuna! Abbiamo dovuto ritrarci per evitare di impazzire davanti all'infinito! Ritrarci, quindi tornare! Ed ogni volta è la stessa cosa, ogni volta che si va oltre la luce ci si trova nella medesima situazione e occorre ritrarsi, quindi occorre tornare, siamo obbligati a tornare! Se non lo facessimo il nostro status di morte diverrebbe definitivo e... diverremmo Dio! Oppure, come Arun teorizza, rinasceremmo in un nuovo corpo o in un nuovo stato!>

<Arun?> Chiese Ciruan.

<Cavolo non ci siamo presentati: noi siamo Arvin, Arun, Jennifer e Anna. Sono questi i nostri nomi!>

<Permettetemi un'ultima domanda poi vi lascerò tranquilli e darò disposizione per inserirvi la consolle e permettervi di conoscerci meglio. Il passo successivo sarà inserirvi nel corpo di un robot e trasferirvi su Plutone, noi ci risentiremo là a meno che, per qualsiasi ragione, non vorrete interpellarmi. Io resterò sempre a vostra disposizione, per cui vi basterà chiamarmi in qualsiasi luogo siate perché io vi risponda!>

<Ti ringraziamo molto Controllo, bene procediamo ma prima spara!>

Controllo restò un attimo interdetto, poi chiese: <Cosa intendete per spara?>

I cervelli, per la prima volta risero! La cosa confortò molto Ciruan "E' evidente che sono umani!" Pensò. Poi dissero:

<Scusaci Controllo, volevamo dire: facci la tua domanda!>

Un computer, per quanto complesso, può dimostrare perplessità? Bene Controllo diede proprio questa impressione, comunque chiese:

<Quando siete arrivati in vista di Plutone e avete iniziato ad inviare messaggi, la vostra Astronave è come apparsa dal nulla, è questo l'effetto di quello che definite "rallentare"?>

I cervelli restarono in silenzio per qualche secondo, poi:

<No! siamo arrivati prima noi! La nave è arrivata dopo, siamo noi stessi che l'abbiamo chiamata!>

*(ieri)*

Non era facile! No! Non era affatto facile! Chi ero? Arvin, Anna, Arun, Jennifer, Arun, Arvin, Anna, Arvin, Jennifer....**chi eroooo!!!!**
Poi, lentamente, ricominciai a ritrovare, insieme agli altri, un certo equilibrio. Cominciammo a convivere insieme, seppi cosa voleva dire essere una donna, essere Jennifer, essere Anna, essere l'indiano Arun, essere me stesso! No! Non non era facile ma ci riuscimmo! Mi masturbai con il corpo di Arun, godetti toccandomi come faceva Jennifer.. il corpo? Ma il corpo non c'era, o forse... nella nostra testa avevamo sempre lo stesso corpo e lo sentivamo vivo come non mai! Era incredibile, straordinario! Anna seppe di Ford, io seppi di Feodor! Guardammo i parenti di Arun, assemblammo insieme

tutti i nostri ricordi: le foreste dell'India vista da un Arun bambino, la Luna, casa di Jennifer e Anna, le grandi città, dove andavo a ubriacarmi!

Poi... una voce: "mi sentite? Rispondete....mi sentite..." Continuava, continuava.

Si! Maledizione! Ti sentiamo, piantala! Ma non la piantava affatto. Cominciai a cercare un mezzo per comunicare, lo stesso fecero gli altri, non riuscivamo, poi capimmo: dovevamo farlo insieme, come un solo corpo! Piano piano, imparammo finché:

<Sta zitta cazzo!> Rispondemmo, la voce zittì!

Eravamo soddisfatti, ma evidentemente non bastava, dopo un po la voce ricominciò: "mi vedete? Riuscite a vedermi? Mi vedete?"

<No! Non ti vediamo!> Rispondemmo prima che quella voce diventasse ossessionante. Un'altra voce intervenne: <Cercate verso l'alto, assemblatevi agli apparati visivi, dai! Ce la potete fare, datevi da fare maledizione! Guardatevi intorno, guardate me! Avanti!!!>

Ci spronava, finché apparve una luce fortissima, istintivamente "socchiudemmo gli occhi", almeno quella era la sensazione: riuscivamo a vedere!

Il tempo passava, Arianna, la psicologa, ci ruppe molto le scatole, evidentemente non le piaceva il fatto che non eravamo ancora impazziti completamente! Aiutati un po da tutti imparammo ad usare le nano macchine, i sensori e tutte le diavolerie che avevano assemblato nella nostra nuova "casa", finché si decisero finalmente a darci "un corpo"! Ci infilarono nel robot e...tanti auguri!

Avevamo un corpo! Era una sensazione stranissima, "sentivamo" le gambe, le braccia, gli occhi, le mani, le orecchie; ci avevano dotato di sensori che ci permettevano di sentire gli odori! Ma tutto era potenziato, migliorato, fisicamente ci sentivamo bene come non mai, forti, scattanti! Vedevamo al buio e potevamo usare gli "occhi" come un potente cannocchiale o un microscopio! Percepivamo con estrema chiarezza e precisione il calore. Potevamo andare ovunque senza bisogno di protezione, non avevamo bisogno d'aria, ma avevamo la sensazione di respirare, grazie al sistema di ossigenazione artificiale cui eravamo dotati; vedevamo le radiazioni che potevano danneggiarci solo a valori estremamente alti. Eravamo "Superman"!

Iniziammo come un bambino che muove i primi passi poi, piano piano, aiutati e consigliati dai presenti, prendemmo confidenza. In breve tempo eravamo padroni della situazione!

Eravamo in quattro! Quattro con un solo corpo, dovevamo imparare ad assemblarci fra di noi, ad agire all'unisono, pareva difficile, ma non fu così! Conoscevamo tutto di noi, i sentimenti, le idee, le aspirazioni, i vizi, tutto! Potevamo discutere fra di noi, avere idee diverse ma alla fine era indispensabile andare d'accordo, e così fu! Imparammo ad amarci!

Eravamo euforici! Andavamo ovunque, nelle sale comuni, negli uffici, pure negli appartamenti privati! Rompevamo le scatole a tutti. Commentavamo con la gente come era soddisfacente e bello essere in quello stato, dimostravamo la nostra forza e le nostre capacità finché ritornò Hesner! Il nostro vecchio amico si incollò a noi con l'evidente intento di calmarci!

I nostri corpi precedenti non ci mancavano affatto! Questo stato era sicuramente migliore. Però non c'era il gusto di assaggiare i cibi, bere una birra ghiacciata e cose simili. Non avevamo né fame né sete ma... avevamo un poco di nostalgia per tutto questo!

Hesner ci seguiva sempre come un'ombra, sembrava una suocera: "non fate questo! Non fate quello!" Calmatevi la signorina è ancora di carne! Non rompete le scatole a questa povera gente, non ne può più! Etc., etc.... C'era un solo modo per evitarlo: uscire all'esterno!

Giapeto era un ammasso di rocce e ghiaccio, ghiaccio di ammoniaca oltre a tutto! Non particolarmente invitante, ma suo padre: Saturno, era un'altra cosa!

Uscimmo un po timorosi, non ci serviva nessuna tuta spaziale né particolari protezioni. Faticavamo a recepire il fatto di avere un corpo robotico. Lo sentivamo come il nostro corpo e per di più nudo! Potevamo percepire, attraverso sensori, il caldo e il freddo, non ci infastidiva più di tanto, ma la sensazione era quella di uscire nudi nello spazio vuoto, senza atmosfera ed a una temperatura vicina allo zero assoluto!

Fu necessario raccogliere tutto il nostro coraggio per farlo! Gli inservienti alle camere stagne, erano perplessi: recepivano la nostra ritrosia e il timore che avevamo ad uscire, ma loro vedevano solo un grosso robot!

Eravamo nella camera stagna esterna, avevano già aperto le porte ma non uscivamo! Davanti a noi si intravvedevano le rocce aguzze di Giapeto illuminate da Saturno. Avevamo paura ad uscire! Poi ci rendemmo conto che era come se fossimo già usciti! La camera stagna, aperta verso l'esterno, non aveva più aria e la sua temperatura era già inferiore ai 200 gradi centigradi sotto lo zero!

Ci sentimmo ridicoli! Un passo, poi un altro, un altro ancora ed eravamo fuori! Alle nostre spalle la camera stagna finalmente si richiuse. Il paesaggio era selvaggio, se non fosse per una strada che passava davanti a noi e lontane costruzioni che ricordavano hangar, torri di controllo ed altro. Una navetta stava partendo, seguimmo il suo decollo e.... alzammo la testa! Saturno era là! Immenso! Sembrava coprire tutto il cielo, i suoi anelli erano ben visibili in una miriade di colori straordinaria. Avete mai visto un robot restare a bocca aperta?

Quel meraviglioso spettacolo era centuplicato nella sua bellezza dalla nostra sensazione di avere il nostro corpo originale, di essere nudi davanti a lui: a Saturno, a Dio!

Il senso di meraviglia fece posto ad un'euforia straordinaria, avevamo voglia di danzare, di cantare (cosa difficile nello spazio vuoto), di gridare, di correre e lo facemmo! Le nostre grida non potevano essere vocalizzate ma potevano diventare segnali radio!

Evidentemente, istintivamente, "gridammo" anche con la radio e qualcuno ci sentì:<Cosa succede!> Era il solito Hesner!

Ci immobilizzammo e rispondemmo: <Niente caro Hesner, solo che il drink che ci avete dato era un po troppo forte ma stai tranquillo, stiamo smaltendo la sbornia!>

Non avevamo il senso del tempo, passavamo settimane all'esterno per rientrare solo a "ricaricare le batterie" il nostro nuovo corpo, il robot, non aveva un'autonomia eterna!

Durante uno di questi rientri fummo raggiunti da Hesner:

<Ragazzi!> Ci disse <E' arrivato il momento di cambiare.>

<Cambiare cosa?> Domandammo.

<Il vostro corpo naturalmente! Non uscite più all'esterno, domani vi inseriremo nella navetta che abbiamo predisposto per voi.>

<Già domani?>

<Si certo! Il tempo passa ed è necessario che vi abituate allo spazio, a comandare una, sia pur piccola, nave spaziale, essa sarà voi! Sarà il vostro corpo, così sarà più facile la vostra integrazione nell'astronave Maja.>

<Quanto tempo manca al nostro trasferimento su Plutone?> Domandammo.

<Plutone sta per transitare all'interno dell'orbita di Saturno, avete tre settimane per abituarvi al vostro nuovo "status" con la navetta, poi partirete per il rendevous con il planetoide. Io partirò domani, subito dopo il vostro inserimento nella navetta, vi aspetterò su Plutone. Voi sarete in contatto continuo con il Controllo Spaziale di Saturno, vi è un'equipe ben addestrata che vi darà tutte le informazioni, il supporto e le indicazioni necessarie. La navetta è già predisposta per passare un lungo periodo nello spazio. Non ha le normali strutture atte a tenere in vita e operativo un equipaggio normale: né aria, né cibo o altro, solo quello che è necessario per diventare letteralmente il vostro nuovo corpo. Possiede un piccolo ed efficiente motore atomico. La controllerete totalmente, come attualmente controllate il robot, anzi molto meglio! Ha un sistema computerizzato molto avanzato che farà parte del vostro "cervello", attraverso di esso, durante il viaggio per Plutone, farete un "ripasso" di tutte le informazioni teoriche, tecniche, esoteriche ed altro, che avete acquisito, non vi annoierete!>

<Il viaggio per Plutone?> Lo interrompemmo.

<Si, fra ventidue giorni esatti il Controllo Spaziale vi darà le coordinate per il rendevous con Plutone e partirete voi stessi con la navetta in cui sarete inseriti. Quindi fate ben attenzione, per quell'epoca dovrete trovarvi in orbita fra Saturno e Giapeto, se vi allontanerete tenete conto di questo appuntamento, altrimenti il vostro viaggio sarà molto più lungo e avremmo difficoltà.>

<Sappiamo che con le coordinate spaziali non si può scherzare, stai tranquillo Hesner. Ma dicci, quanto durerà il viaggio per Plutone e cosa accadrà una volta arrivati?>

<Il viaggio durerà circa un mese e mezzo.> Rispose <Una volta arrivati la base locale dell'**Agenzia** si metterà in contatto con voi e vi darà le coordinate di atterraggio. Là sarete reintegrati in un nuovo corpo robotico più grosso ed efficiente di questo, purtroppo per voi mi ritroverete e vi darò le istruzioni successive.>

<Per quando prevedi la nostra partenza per le stelle?>

<Se tutto va bene ci vorrà circa un anno, ragazzi miei!>

Così cambiammo nuovamente corpo! La cosa cominciava a diventare noiosa, ci eravamo appena abituati al nostro corpo robotico che si cambiava di nuovo!

Ma non fu noioso!

Hesner ci portò in un hangar più grosso degli altri, una grande cupola munita di enormi portelli stagni che conteneva aria!

All'interno vi era la "navetta", più che altro sembrava una piccola nave spaziale interplanetaria, troppo grossa per una semplice navetta!

Tutto intorno macchinari e robot di ogni genere e centinaia di inservienti! Una zona, nei pressi della navetta stessa, sembrava un vero e proprio ospedale ma, questa volta, i lettini non c'erano!

Questa gente non scherzava!

Hesner ci presentò una ragazza molto giovane dai lineamenti orientali:

<Lei è Chang Lai, è la responsabile del vostro nuovo trasferimento, io devo andare, ci vedremo su Plutone, vi lascio nelle sue mani, arrivederci ragazzi!>

Salutammo Hesner poi ci rivolgemmo alla piccola e graziosa Lai:

<Bene! E' questo il nostro nuovo corpo?> Le chiedemmo indicando la navetta.

<Si cari!> (Cari?), aveva una voce squillante e trasudava energia.

<Siamo già pronti, vi trasferiremo immediatamente. Ci siamo permessi di dare un nome alla navetta, spero non vi dispiaccia!>

<No certo! Come l'avete chiamata?>

<Dalila, vi piace?>

<Si certo, basta che non pensiate a noi come Sansone!>

Lai si mise a ridere, poi:

<Speriamo di no cari! Ma procediamo. Una volta inseriti in Dalila verrete immediatamente contattati dall'equipe del Controllo Spaziale che vi darà tutto il supporto necessario e le indicazioni per abituarvi al vostro nuovo corpo. Sarete seguiti passo su passo, fino a quando sarete in grado di decollare ed, ovviamente, anche dopo. Domande?>

E che domande potevamo fare?.... Ormai......

Pensavamo che il nuovo passaggio sarebbe stato meno traumatico, ci sbagliavamo! Quando il nostro corpo era il robot "sentivamo" le gambe, le braccia, le mani, etc.... Ora le nostre gambe erano un motore atomico, le braccia i razzi direzionali, le mani.... dove cavolo erano le mani?

Potevamo parlare come prima, comunicare con gli astanti, vederli. Ma la nostra vera voce era un sistema radio e un sistema laser, la nostra vera vista un sistema radar e una straordinaria visione dell'esterno davanti, a lato, dietro la navetta! Faticammo molto a controllare questa vista così poliedrica.

Fummo soggetti ad un periodo di disorientamento quasi totale!

Ma, come già era accaduto durante la prima "disiscorporazione" qualcuno ci stava rompendo le scatole:

<Qui il Controllo Spaziale di Saturno, Dalila rispondete!.... Qui il Controllo Spaziale di Saturno, Dalila rispondete!.... Qui il Controllo Spaziale di Saturno, Dalila rispondete!....>

Era ossessionante, alla fine fummo costretti a rispondere!

<Qui Dalila> riuscimmo faticosamente a biascicare <siamo vivi, almeno lo crediamo! Voi che ne pensate?>

Qualcuno rise. <Si siete vivi, state tranquilli! Cercate di abituarvi al nuovo stato e lasciate stare i motori, le gambe e le braccia, per intendersi, cercate di toccare l'aria circostante, andateci piano e state tranquilli ne usciremo bene>

Così finimmo per scoprire di avere anche le mani, bastava pensare di toccare lo spazio circostante, la superficie della navetta "sentiva" l'aria, il calore, pure gli odori che la circondavano. Certo non era facile "annusare con le mani"!

La scoperta più traumatizzante fu l'ampliamento della nostra memoria e delle nostre capacità intellettuali causato dal sistema computerizzato della navetta cui eravamo collegati. Là vi erano anche miliardi di informazioni ed il "tutor" che, come ci aveva anticipato Hesner, avremmo potuto utilizzare durante i periodi di relativa calma. Scoprimmo che quel sistema computerizzato serviva soprattutto ad abituarci a lui, su Maja avremmo trovato un sistema molto più complesso, comprendemmo che i computer di Maja erano quello di più avanzato che l'umanità, attraverso la sua più straordinaria organizzazione: l'**Agenzia**, avesse mai avuto!

Non esisteva un vero e proprio spazio vuoto, all'interno della navetta, non sarebbe servito a nulla. Tutto era occupato dal motore, computer e strumentazioni. Solo una piccola parte era adibita al nostro sostentamento e per il contenitore dove ci avevano messo dopo la nostra "disiscorporazione".

Fu dura ma ci abituammo: il nostro nuovo corpo era una vera e propria nave spaziale!

<Dalila a Controllo Spaziale, Dalila a Controllo Spaziale, rispondete!>

<Qui Controllo Spaziale di Saturno, diteci, tutto bene?>

<Si, siamo pronti, l'hangar è aperto chiediamo il permesso di decollare.>

<Lo spazio è vostro Dalila, siete liberi! Andate!>

Le nostre "gambe" ruggirono e, in un attimo, ci trovammo lontani da Giapeto, davanti a noi Saturno e i suoi anelli!

Le nostre sensazioni erano indescrivibili, avevamo un corpo straordinario, potevamo usarlo per volare nello spazio, nulla poteva fermarci!

Fu un momento di esaltazione assoluta, non capivamo più nulla! Come bambini guardavamo lo spazio intorno a noi, Saturno, Giapeto, le stelle, non le avevamo mai viste così, lo spazio era la nostra casa!

Avevamo la capacità di trovare istantaneamente la posizione della Terra, dei pianeti, i satelliti, le stelle, le galassie. La nostra vista poteva essere telescopica, cercammo la Luna, la Terra, Marte, potevamo vederli come se fossero vicini a noi.

Non resistemmo, ci gettammo negli anelli di Saturno come un bambino si sarebbe gettato nella neve!

Gli anelli erano formati da piccole rocce e ghiaccio che, illuminate dal sole, risplendevano con tutti i colori dell'iride! La nostra vista poteva spaziare oltre l'infrarosso e gli ultravioletti, mai uomo aveva potuto godere di un così straordinario e imponente spettacolo!

Non era ancora stato stabilito con certezza da cosa erano stati formati. Era comunque quasi sicuro che fosse una serie di eventi: una cometa, meteoriti ed asteroidi che si erano avvicinati troppo al gigantesco pianeta nel periodo turbolento della sua formazione, quando ancora doveva decidere se essere quello che è diventato oppure trasformarsi in un piccolo sole!

Il pianeta, più sotto, in effetti non era da meno, la sua atmosfera gassosa si muoveva in continuazione anch'essa con colori e manifestazioni imponenti.

Come Giove, il suo fratello più grande e il lontano Urano, Saturno era, infatti, una stella mancata. Di massa troppo piccola non era riuscito ad innescare le reazioni termonucleari necessarie a formare un sole, ma ci era andato vicino, molto vicino! Non era certo un caso se anche Urano e Giove, anch'essi "stelle mancate", hanno degli anelli, sia pure molto meno imponenti di quelli di Saturno! Fra i tre quest'ultimo è il più piccolo, anche di Urano, la cui massa però è inferiore, ma è sicuramente il più bello! Letteralmente razzolavamo in mezzo agli anelli, con le nostre "mani" li sentivamo come nostri, li "gustavamo" e ne sentivamo "l'odore" (cioè la sostanza che componeva le varie particelle). Le nostre "mani" tenevano lontano dallo scafo i detriti che formavano gli anelli stessi, ma non era certo troppo facile, per cui ci inserimmo nello spazio lasciato fra un anello e l'altro. Però anche quello spazio era pieno di microdetriti che potevano causare danni. Non eravamo certo preoccupati da eventuali perdite d'aria, non c'era! Ma era sempre possibile che venisse danneggiata qualche piccola e delicata apparecchiatura del nostro "corpo".

<Qui Controllo Spaziale, Dalila rispondete!>

<Qui Dalila, parlate!>

<Allontanatevi da quell'area, è pericoloso, ripetiamo allontanatevi!>

Sia pure a malincuore ubbidimmo, ma solo per immetterci in un'orbita più interna, fra gli anelli e Saturno!

Vi restammo molto a lungo, quella posizione ci permetteva ancora di ammirare gli anelli, solo che il sole non li illuminava se non in brevi periodi e sull'asse longitudinale, questo limitava la visione della loro bellezza. Però sotto di noi gigantesco ed inquietante, vi era il pianeta e lo spettacolo dato dall'atmosfera gassosa di Saturno era anche più imponente e straordinario di quello degli anelli.

La nostra posizione non era delle migliori: fra l'incudine (i detriti e polveri degli anelli che potevano sempre minacciare lo scafo, la nostra "pelle") e il martello (la spaventosa forza di gravità del gigante che ci attirava invitante).

Tutto ciò ci costringeva ad essere sempre ben vigili e attenti, cosa che comunque facevamo molto bene. Anche noi, sia pure nel nostro nuovo stato, dovevamo dormire! Normalmente la cosa non era particolarmente fastidiosa, né importante. Dormendo i nostri sogni, le nostre paure, i nostri incubi e le nostre perversioni venivano condivisi da tutti, per cui, anche quando eravamo un robot, trovavamo più comodo dormire tutti insieme. Era facile, se uno di noi si addormentava lo facevano tutti! In quella situazione non era possibile dormire, occorreva farlo a turni ma... non era affatto semplice!

A tutto ciò si aggiungeva la "mamma"! Avevamo cominciato a chiamare così il Controllo Spaziale, che non sembrò risentirsene più di tanto. Dopotutto ci chiamava Dalila!

Ma la "mamma" era sempre più soggetta ad attacchi isterici causati da quella che, evidentemente, considerava un'incoscienza totale ed una vera insubordinazione!

Per evitare che la "mamma" avesse un infarto e che noi ci addormentassimo, sia pure a malincuore, ci togliemmo da quella scomoda posizione.

Ci spostammo nello spazio profondo e, dopo averne informato "mamma", provammo l'esperimento del sonno! Uno solo di noi doveva dormire, gli altri avrebbero cercato di restare svegli per capire cosa sarebbe accaduto e, quindi, se era possibile, in particolari situazioni dormire a turno. La "mamma" non lo sapeva, nessuno lo sapeva!Svegliarci non era un problema, la navetta era il nostro corpo, per cui qualsiasi variazione nello spazio circostante, qualsiasi segnalazione o altro, venivano percepite immediatamente dal nostro "corpo" e ci avrebbe svegliati.

Toccò a me, evidentemente il più dormiglione! Mi addormentai immediatamente e così anche tutti gli altri! Esperimento fallito miseramente!

Provammo ancora, uno di noi: Jennifer, riuscì a restare sveglia dieci minuti buoni! Provammo, provammo e riprovammo! Alla fine arrivammo alla conclusione che, in caso di emergenza assoluta, uno o due di noi riusciva a stare sveglio, ma i nostri sogni lo mettevano in uno stato confusionale che rallentava le sue capacità di reazione. Se non era assolutamente indispensabile ci conveniva dormire tutti insieme!

Condividevamo anche i sogni! Sogni molto normali ma era inquietante fare quattro sogni contemporaneamente! Ci volle tempo per abituarci!

Viaggiammo in lungo e largo, arrivammo anche abbastanza lontano da Saturno, ci sarebbe piaciuto arrivare agli altri pianeti, ci sarebbe piaciuto molto... ma le distanze erano troppe ed il tempo a disposizione troppo poco. Ci crogiolavamo nello spazio profondo!

Il nostro nuovo corpo ormai non aveva più segreti per noi e ne eravamo pienamente soddisfatti. L'idea che avremmo ancora dovuto passare un periodo come robot non ci entusiasmava affatto!

Arrivò il giorno stabilito.

Da bravi ragazzi ci eravamo inseriti fra Giapeto e Saturno quando:

<"Mamma" a Dalila, "mamma" a Dalila, rispondete!>

<Ciao "mamma", siamo qui da bravi bambini!>

<Ok Dalila, vi trasmettiamo le coordinate per il rendevous con Plutone, da quella posizione dovrete partire fra 83 secondi, preparatevi.>

<Ricevuto "mamma", le coordinate sono chiare, ci prepariamo a lasciare l'orbita.>

<Addio Dalila, auguri, "mamma" vi abbraccia e vi invidia. Andate a caccia di stelle! Buona caccia ragazzi!>

Una cosa che non era stata prevista era piangere! Chissà come ma sentivamo un nodo alla gola, avremmo mai rivisto questo meraviglioso spettacolo: Saturno, i suoi anelli, Giapeto e gli altri satelliti (avevamo visitati tutti i 62 satelliti, uno per uno!) ed anche "mamma"... ci sarebbe mancata!

<Addio "mamma",> riuscimmo a dire <..... ruberemo una stella per te....>

Le nostre "gambe" si misero a correre seriamente, partimmo velocissimi verso Plutone. Ci aspettava un noioso periodo di studio prima di arrivare, ma poi... Saremmo andati a caccia di stelle!

# 14

*(noi oggi)*

*Fummo integrati con una consolle che riuscivamo a "leggere" e, così, potemmo avere accesso ad una banca dati che ci diede una vastissima informativa sulla cultura umana del tempo. Restammo collegati continuamente per un'intera settimana! Fummo così a conoscenza che l'uomo aveva colonizzato tutto il sistema solare e diversi sistemi stellari posti nell'arco di sei anni luce dalla Terra!*

*La civiltà umana ci sembrò piuttosto statica. Ogni cosa veniva regolata da sottosistemi informatici e robotici avanzatissimi, all'uomo restava ben poco da fare. Questi sottosistemi, a loro volta, erano integrati in Controllo che appariva come la mente generale di tutta la cultura umana e no! Una specie di Dio informatico che, come Lui, interveniva molto, molto di rado! Gli uomini erano, nel complesso, soddisfatti del loro stato e abbastanza indolenti. Pochi sentivano la necessità di fare qualcosa di più, di evolversi. Quei pochi si mettevano a disposizione di Reclutamento, un sottosistema che valutava le capacità dei candidati. Di quei pochi un numero limitato veniva accettato da Reclutamento e, in genere, erano elementi eccezionali che avrebbero potuto essere utili alla società umana. Molto raramente venivano reclutati effettivamente e quasi sempre da sottosistemi. Essere chiamati direttamente da Controllo, come era accaduto a Ciruan, era un fatto più che straordinario!*

*Altri personaggi fuori del comune erano i Coloni! Cioè coloro che decidevano di emigrare su altri sistemi stellari. Ma anche questi si portavano dietro tutti i sistemi roboinformatici possibili e, spesso, tornavano indietro. Alcuni pianeti su stelle lontane avevano poche decine di uomini e migliaia di sistemi robotici! Il viaggio alle stelle comportava anni in ibernazione e pochissimi erano disposti a farlo!*

*I pianeti non venivano terra formati, si costruivano cupole, città sotterranee, basi protette! Il solo pianeta terra formato, in epoca addirittura preistorica, era Marte!*

*Il nucleo di Marte era stato riscaldato e un fantastico sistema catturava al meglio i raggi solari. Marte non era più freddo. L'acqua contenuta nel sottosuolo e al polo era stata scongelata. Ora Marte aveva davvero i canali! L'atmosfera era stata assemblata e liberava ossigeno-idrogeno grazie ad immensi apparati a base nucleare. Su Marte si poteva respirare. Era però ancora rarefatta, era come essere a tremila metri sulla Terra, quindi andare in montagna su Marte non era facile, oltre i mille metri occorreva un respiratore! Nel complesso il pianeta era più verde della Terra!*

*Tutti gli altri pianeti, esclusi i giganti gassosi, le lune, anche gli asteroidi, erano stati colonizzati, ma non terra formati. In realtà anche nei tre giganti gassosi esistevano* alcune basi, quasi esclusivamente robotizzate ma, a volte, abitate, sia pure temporaneamente, anche da uomini! Pure l'inferno di Venere! Come avevano fatto a costruire città, sia pure sotto cupole e interrate, su Venere era un mistero! Non si aveva memoria storica di una qualsiasi guerra! Lo stesso concetto di guerra era sconosciuto all'umanità. La medicina era progredita a livelli per noi inimmaginabili, un uomo poteva vivere anche cinque o seicento anni! Si erano fatti passi da gigante nella rigenerazione delle cellule, la degenerazione che causava la vecchiaia era estremamente rallentata. Anche se si subivano incidenti si poteva sopravvivere grazie a sistemi di clonazione avanzatissimi. Era possibile rigenerare parti del corpo e trapiantarle, o anche tutto il corpo intero, escluso però il cervello, altrimenti si otteneva un uomo nuovo e diverso. Non si poteva "ringiovanire". Si poteva usare una nuova cellula ricavata dalla "banca cellulare" e clonare così un corpo giovane senza il cervello. Si inseriva quindi il cervello del soggetto in questione, ma avrebbe "ricordato" la sua vera età coinvolgendo con il tempo tutte le cellule del nuovo corpo che si sarebbero "adeguate" all'età del cervello stesso. Il cervello non poteva essere clonato, conteneva i ricordi, la mentalità, la personalità, "l'anima" del soggetto, clonandolo sarebbe "nato" un essere umano nuovo e completamente diverso, per cui mantenendo il cervello originale si arrivava inevitabilmente ad una degenerazione cellulare che, sia pure dopo molti anni, causava una morte quasi cosciente, come se dopo tanti secoli di vita ci si stancasse definitivamente e si volesse "staccare la spina". Quando qualcuno moriva il sistema informatico clonava un nuovo essere umano compreso il cervello. Si usava una "banca cellulare" gigantesca, alimentata continuamente proprio dai corpi delle persone decedute, dalla quale si prelevava una singola cellula a caso e, in poco tempo, si formava un uomo completamente nuovo dell'età fisica apparente di venticinque anni. Nel suo cervello, quando ancora incosciente, veniva inserito un "imprinting" che gli permetteva, una volta "nato", di avere tutte le informazioni di base. Poteva essere usata anche una cellula ricavata dalla persona morta o da un vivente. In quel caso si sarebbe clonato un essere umano fisicamente identico al "donatore" all'età di venticinque anni ma, dal momento che anche il suo cervello sarebbe stato "nuovo", non ci sarebbe stata alcuna degenerazione cellulare ma si sarebbe comunque ottenuto un essere umano completamente diverso, simile solo fisicamente al precedente. Però questa pratica veniva effettuata molto raramente e solo su domanda precisa degli umani che comunque la richiedevano solo in pochissimi casi assolutamente eccezionali. Normalmente i sottosistemi agivano completamente a caso. Il rinnovamento cellulare era garantito anche da interventi sul DNA umano che risalivano a migliaia di anni addietro. Tutto questo faceva sì che il processo di invecchiamento venisse fortemente rallentato, mediamente l'età fisica di un singolo umano partiva dai 25 anni iniziali al momento della clonazione, per poi aumentare di nove anni ogni cento realmente vissuti. (Ciruan aveva un'età "fisica" di circa 28-29 anni). Era ovviamente un dato medio, molto dipendeva dal modo di vivere del soggetto. La morte, o la volontà di morire, avveniva di solito all'età fisica di 70-80 anni equivalente appunto a 5-600 anni di vita reale. Qualche raro caso era arrivato quasi a 700 anni! Questo tempo poteva essere allungato e di molto da processi di ibernazione! Era una pratica progredita enormemente. Non si conoscevano limiti ai tempi di ibernazione, ne si erano mai riscontrate conseguenze negative fisiche o psichiche di alcun tipo. Veniva usata sopratutto per permettere ai coloni di raggiungere le stelle, ma non era insolito che anche altri la richiedessero vuoi per "dare un'occhiata" al futuro, vuoi per il desiderio di "avere un'età" da far invidia a Matusalemme, una specie di "moda" non troppo comune, ma qualche volta anche soltanto per "noia"!

Non esistevano bambini! Niente attaccamenti familiari; accadeva però abbastanza frequentemente che si formassero coppie che restavano unite anche per molto tempo. Non era un matrimonio ma piuttosto una lunga e duratura convivenza. Le nuove clonazioni, potremmo dire le "nuove nascite", erano perfettamente regolate per mantenere uno "status quo" nel numero degli abitanti. Non ci si basava solo sul susseguirsi delle morti e delle "nascite", ma anche sulla sia pur lenta emigrazione verso lo spazio esterno alla conquista di altri pianeti al di fuori del sistema solare. Tutti, se lo volevano, potevano accedere alle informazioni, novità, iniziative o notizie. In genere l'informazione non era seguita molto ma il nostro arrivo aveva risvegliato l'interesse della razza umana in modo assolutamente inaspettato. Scoprimmo di vivere una specie di "grande fratello". Miliardi di esseri umani, ovunque ed a qualsiasi ora, seguivano le nostre vicende!

Le antiche Istituzioni erano scomparse. l'**Agenzia** non esisteva più, né la Chiesa, o altre Istituzioni simili. Non se ne aveva neppure il ricordo!

Anche i governi erano scomparsi, l'ultimo era un governo interplanetario che risaliva a ben 21.000 anni or sono! La vita era regolata dai sistemi informatici, non esistevano leggi scritte e la delinquenza era scomparsa. Tutti avevano tutto, non serviva denaro, per cui non c'era niente da rubare. Il sesso era libero non c'erano frustrazioni di qualsiasi genere. L'unico delitto che ancora, sia pure raramente, poteva accadere era l'aggressione fisica fino all'omicidio! Erano casi veramente rarissimi che venivano scoperti immediatamente, non ci si poteva nascondere ad un sistema informatico globale. L'aggressore veniva fermato da altri uomini, a volte anche con la forza, poi era Controllo ad intervenire chiedendo a tutte le persone coinvolte, anche all'aggressore, cosa fare e, in base ai suggerimenti della maggioranza agiva sempre coadiuvato dagli umani.

In genere l'aggressore, se non vi erano ragioni per comportarsi in modo differente, veniva ibernato e "messo da parte" in attesa di decisioni future che difficilmente sarebbero mai arrivate!

Un altro aspetto era quello filosofico-religioso. In realtà le religioni non esistevano più, non se ne aveva neppure memoria! Vi erano però diverse persone che si ponevano domande a sfondo filosofico e studiavano con molta serietà il problema. Erano coadiuvate da sottosistemi e informavano delle loro riflessioni tutti coloro che potevano essere interessati, ma erano piuttosto pochi. Nel complesso buona parte dell'umanità riteneva come possibile che esistesse un'entità superiore che inglobasse tutto l'universo. Erano piuttosto vicini alla realtà!

Alla fine decidemmo di spegnere la consolle, ne sapevamo ormai abbastanza!

Poco dopo arrivarono diverse persone che, in breve, ci assemblarono ad un sistema robotico.

Evidentemente stavano solo aspettando che terminassimo il nostro studio!

Ci abituammo molto rapidamente al nuovo "corpo". La situazione era molto diversa dalle prime esperienze che avevamo vissuto in un tempo che non esisteva più!

Ci rendemmo conto che il sistema robotico era molto più agile e versatile di quello cui eravamo stati abituati. Ne approfittammo allegramente e cominciammo ad esplorare indisturbati fra i corridoi e le stanze della base.

Non esitammo a uscire e passeggiare fra le rocce di Caronte, ritrovammo le stelle! Ma non solo! Caronte, insieme a Cerbero, Stige, Notte e Idra, i cinque satelliti di Plutone, era un'immensa base spaziale! Si trovavano ovunque hangar, navette, merce accatastata in strani container, cupole dove i viaggiatori si recavano per i loro affari o per riposarsi e divertirsi, ma, sopratutto, lo spazio dove transitavano o erano letteralmente ormeggiate gigantesche navi spaziali molte delle quali destinate alle stelle! Andavamo spesso nella sala comune a parlare con gli astanti ed anche nei bar della base dove si scherzava sul fatto che non potevamo bere insieme agli altri, era uno scherzo ma non avremmo disdegnato una buona birra ghiacciata....

Un giorno incontrammo, in uno di questi bar, alcuni uomini che erano appena tornati da una stella lontana:

Ce li indicarono e ci avvicinammo a loro. Questi ci accolsero con grande cordialità, dopotutto eravamo tutti viaggiatori delle stelle!

Uno di loro ci domandò:

<Ma è vero che avete viaggiato ad una velocità superiore a quella della luce?>

<Si, è vero, abbiamo visitato anche molti pianeti, alcuni anche abitabili dall'uomo, abbiamo visto tante cose meravigliose, stelle doppie, giganti gassose, galassie lontane!>

<Deve essere stata un'esperienza straordinaria!>

<E' vero! Presto potrete vedere tutti il nostro "libro di bordo", Controllo sta operando in tal senso.>

<Non vedo l'ora di visionarlo!> Rispose lo spaziale.

<E voi da dove venite?> Domandammo.

<Da Yesi, il primo pianeta di Proxima.>

<Il vostro viaggio è stato lungo?>

< 760 anni! tutti passati in ibernazione.>

<Cavolo! anche voi allora venite dal passato!>

<Potete ben dirlo!, non riconosciamo molto di questa società, sono passati 1.540 anni da quando siamo partiti, non posso dire di ritrovarmi a casa!>

<Per curiosità, quando siete partiti c'era già Controllo?>

<Controllo c'è da sempre! E' l'unico punto fermo che abbiamo, meno male che esiste Controllo! Per noi è molto confortante.>

<Com'è questo pianeta che avete lasciato?> Chiedemmo ancora, in realtà lo sapevamo, era nella banca dati che avevamo da poco "digerito", ma eravamo curiosi di sentire le impressioni di quello spaziale.

<Piuttosto selvaggio, poco più grande della Terra, ha foreste un po ovunque e animali non troppo ospitali! Possiede ben tre lune, con conseguenze notevoli nelle maree degli oceani. Non ha stagioni, mostra sempre la stessa faccia al piccolo sole, per cui un lato del pianeta è molto caldo, tropicale, l'altro è freddo glaciale...>

Continuò a lungo, lo ascoltavamo piuttosto affascinati.

<Ma perché sei partito?> Lo interrompemmo, infatti si sentiva nostalgia nella sua voce.

<Yesi è condannato! Il suo sole è instabile, non diverrà una nova, ma presto diminuirà la sua energia del 20%. Non lo farà a lungo, "solo" per 200.000 anni, ma assolutamente sufficienti a rendere invivibile il pianeta! Proxima è una nana rossa, già di per sé molto fredda, fa parte di un sistema trinario: Alpha Centauri A, Alpha Centauri B e Proxima, appunto. Ha un'orbita di 500.000 anni intorno ad Alpha Centauri A e, per un lungo periodo, Yesi beneficia del calore dei due soli. E' uno spettacolo meraviglioso vedere i

*due soli scaldare contemporaneamente il pianeta: Proxima è vicina, solo dieci milioni di km.! Appare come un disco rosso fuoco, più lontana Alpha Centauri, si vede come un piccolo disco argentato.>*

*<Ma... non si può fare niente?>*

*<Niente!> Rispose lo spaziale con tristezza <la nostra tecnologia è ancora insufficiente per cercare di imbrigliare l'energia di un sole. La temperatura, nella parte sempre illuminata dal sole, arriverà a zero gradi e questo per 200.000 anni! Quando siamo arrivati su Yesi abbiamo fatto un lavoro superficiale. Troppo eccitati da un pianeta così bello, non avevamo studiato a sufficienza il ciclo del suo sole. Quando la cosa apparve evidente abbiamo ancora sperato in qualche miracolo, ora non c'è più speranza ed... eccoci qua!>*

*<Cosa pensate di fare?>*

*<Da parte mia, ma credo anche i miei compagni, voglio passare un po di tempo su Marte e poi sulla Terra per ritemprarmi, poi ripartirò! Spero di ritrovare un giorno un pianeta come Yesi, ma so che sarà difficile e secoli d'ibernazione non facilitano molto le cose!.... Chissà.... forse voi.... chissà potreste cambiare le cose... viaggiare oltre la luce! Chissà....>*

*Pochi giorni dopo questo episodio ci raggiunse Ciruan che allegramente ci disse: <Che ne dite? Siete pronti per andare su Plutone?>*

*Cominciavamo ad essere abbastanza annoiati, quindi rispondemmo con entusiasmo: <Certo Ciruan, partiamo anche subito se vuoi!>*

*Ci imbarcammo su una navetta completamente diversa da quelle cui eravamo abituati. Totalmente computerizzata, bastava dire la destinazione e voilà! Come chiedere un caffè: voilà! Con la stessa facilità, solo che noi non bevevamo!*

*Ciruan viaggiava con noi, fu un volo brevissimo.*

*Diversamente da come ricordavamo Plutone, l'atmosfera era ghiacciata! Però la base dove eravamo diretti si trovava su una delle rare e strane piattaforme caratteristiche del planetoide, costituite da un minerale nero simile al titanio e molto magnetizzato. Queste zone avevano la curiosa capacità di "far scivolare fuori" l'atmosfera quando quest'ultima gelava, per cui la zona si manteneva sgombra dal ghiaccio atmosferico, diversamente dalle altre aree, anche dove sorgevano le città, dove, quando avveniva questo fenomeno, strane macchine, simili a talpe, permettevano di arrivare alle strade e alle cupole.*

*Dall'alto Plutone appariva ben diverso dal pianeta di roccia, e ghiaccio secco che ricordavamo. La maggior parte della superficie era neve e ghiaccio! Non neve e ghiaccio d'acqua, ma l'impressione era pur sempre la stessa!*

*L'albedo era fortissimo, nonostante il sole fosse estremamente distante, riusciva ad illuminare come un faro la superficie gelata! Qua e là si riconoscevano delle zone di colore scuro, erano le piattaforme.*

*La navetta si avvicinava ad una di queste, Ciruan aveva fatto in modo che potessimo assistere molto bene all'avvicinamento, evidentemente aveva una speranza, o forse, una delle sue straordinarie intuizioni!*

*Improvvisamente, davanti a noi, apparve la base! In buona parte era un agglomerato di costruzioni scintillanti, ben solide e collegate fra di loro. Una vera e propria città, ma non era protetta da una cupola come le altre città normali. Al centro di questa strana città vi era una vasta area evidentemente adibita a spazioporto. Nelle vicinanze vi erano altre costruzioni di colore nero. Non si distinguevano bene ma si capiva che dovevano* essere molto, molto vecchie e parecchio mal ridotte. Ricordavano un poco quella base spaziale aliena che avevamo incontrato nel nostro viaggio per le stelle.

Ci era molto chiaro! Guardammo Ciruan che sapevamo molto tesa e dicemmo: <Ricordiamo perfettamente, la posizione della base dell'**Agenzia** era esattamente questa! Però... non ti eccitare troppo Ciruan,... non riconosciamo nulla di quelle costruzioni!>

<Forse viste da vicino o dall'interno?>

<Vedremo, ma... certo! E' da là che siamo partiti!>

Una volta atterrati fummo accompagnati da Ciruan all'interno del grande complesso.

Avremmo voluto andare subito a visionare l'antica base plutoniana, e anche Ciruan era impaziente ma l'onnipotente Controllo ci aveva subito contattato e suggerito, prima di fare qualsiasi cosa, di incontrare gli scienziati che si erano stabiliti su Plutone sia per studiare la base preistorica, sia per studiare la nostra nave interstellare. Avevano anche installato un vastissimo laboratorio tutto per noi!

Erano tutti riuniti in un grande salone normalmente adibito per momenti di relax e ricreazione. Una volta arrivati ci guardammo intorno, vi era un grande vociare, ma gli astanti alla nostra entrata ammutolirono. Ciruan riconobbe, evidentemente qualcuno, perché esclamò:

<Ma tu...>

Un giovane si staccò dal gruppo, era un po piccolo, specialmente in confronto al metro e novanta di Ciruan, ma piacente e simpatico.

<Si Ciruan sono io: Vers!>

<Ma non eri femmina? per di più non da molto tempo!>

<E' vero, ma, cosa vuoi, come maschio magari.... che ne dici Ciruan? Inoltre sapevo che arrivavi e allora...>

<Niente da dire... mi piacerà strapazzarti un po!>

Disse Ciruan sorridendo e leccandosi letteralmente le labbra. Per fortuna Vers interruppe questa imbarazzante, per noi, pantomima. Si aveva l'impressione che Ciruan volesse "strapazzarlo" subito e davanti a tutti. Noi non lo sapevamo ancora ma era proprio così! Vers salvò la situazione chiedendo:

<Non ci presenti i tuoi amici Ciruan?>

Ci fecero una gran festa, si capiva che avrebbero voluto bombardarci di domande e non ci avrebbero mollato facilmente. Vers era molto simpatico ma pareva più interessato a Ciruan che a noi, un'eccezione in quella bolgia.

Venne in nostro soccorso Controllo che, con il suo solito modo pacato di fare le cose, disse, parlando da tutte le pareti della grande sala:

<Vers, ti prego di fare da anfitrione ai nostri amici e preoccupati che abbiano tutte le informazioni in nostro possesso sul sito preistorico, prima che Ciruan li accompagni là direttamente.>

Si sapeva che Controllo non aveva alcun potere reale e riconosciuto, era una specie di macchina, ma una preghiera da parte sua era un ordine!

Tutti si zittirono immediatamente, Vers lasciò Ciruan e si rivolse a noi:

<Venite, prego.> Ci accompagnò verso un gruppetto di persone che nascondevano dietro di loro uno di quei strani monitor vuoti dentro che, ormai lo sapevamo, trasmettevano immagini tridimensionali. Ci presentò uno degli astanti, un signore di una quarantina d'anni dai lineamenti orientali:

<Questi è Solan, direttore del progetto di ricerca sul sito preistorico.> Disse.

*Non vi era più l'abitudine di stringersi la mano, ora ci si salutava mettendosi le mani sulle spalle e stringendo un poco, Solan usò con noi lo stesso saluto, come se ci vedesse per quello che realmente eravamo, non come un grosso e massiccio robot, poi ci disse con molta cordialità:*

*<Amici miei, di quel sito non sappiamo un accidente! E' stato ignorato per troppo tempo, Controllo riferisce che potrebbe essere quella la base da cui siete partiti. Se fosse vero sarebbe assolutamente straordinario... ma tutto quello che vi concerne è straordinario!>*

*Dopo una pausa continuò:*

*<Per quanto ne sappiamo il sito esiste da sempre. E' chiaramente umano. L'atmosfera del pianeta e il tempo l'hanno conciato da buttar via. Non c'è rimasto granché. Solo alcune strutture esterne, evidentemente più resistenti. E' tutto bucherellato e aperto da tutte le parti. All'interno delle strutture, se di interno si può parlare, non c'è più niente, solo detriti e pezzi di metallo. Abbiamo trovato tracce metalliche che possono far risalire a computer e macchinari riconoscibili ma decisamente arcaici.>*

*<Anche noi siamo "arcaici"> L'interrompemmo <avete ricostruito questi macchinari?>*

*<No! Sarebbe stata una perdita di tempo, le tracce metalliche attraverso le quali abbiamo estrapolato la loro antica appartenenza, sono troppo piccole. Gli originali dai quali derivavano potevano essere molto diversi da qualsiasi estrapolazione potessimo fare, possiamo solo immaginare le loro funzioni ma la forma e le soluzioni possono essere estremamente diverse, è rimasto troppo poco!... Però.... una cosa possiamo mostrarvela!>*

*<Che cosa?> Domandammo un po impazienti:*

*<Abbiamo effettuato su computer una estrapolazione di come avrebbe dovuto essere la base in passato, eccola:> Disse indicando il grosso monitor.*

*Apparve l'antica base come avrebbe dovuto essere migliaia di anni prima vista dall'esterno.*

*La guardammo con attenzione, poi: <E' lei! Non c'è dubbio!> Un forte brusio si levò nella sala.*

*<Qui era diversa, non c'era questa struttura e questa era più piccola!> Continuammo indicando vari punti. <Evidentemente col tempo è cambiata, ma guardate! Quello era lo spazioporto, cosa ci hanno messo?>*

*Dove ricordavamo lo spazioporto l'immagine riportava una strana costruzione metallica molto grande, sul davanti non c'erano più gli hangar delle navi ma uno strano spiazzo piatto e anch'esso metallico. La costruzione sembrava.... ma... non era possibile!*

*<Questa costruzione esiste ancora?> Chiedemmo.*

*Solan ci rispose: <E' distrutta ma esistono parti delle pareti che ci hanno permesso questa ricostruzione.>*

*<Avete trovato qualcosa all'interno?>*

*<No! Non è rimasto niente.>*

*<E lo spiazzo esterno?>*

*<Ora è molto più piccolo ma esiste ancora. Pensiamo servisse come una specie di pista di atterraggio.> Rispose Solan.*

*<No! Maledizione no!> Gridammo! avete mai visto un grosso robot gridare? Gli astanti si spaventarono! Ci calmammo un momento poi spiegammo: <Quella era una Chiesa, una Cattedrale o qualcosa del genere e, ci scommettiamo la testa> ci eravamo*

dimenticati di non avere una vera e propria testa! <quello spiazzo doveva essere una specie di cimitero, avete mai scavato là intorno?>

<No!> Rispose un po intimidito Solan <Come dicevo pensavamo ad una pista d'atterraggio e i sensori non hanno mai comunicato nulla di anormale, ma cos'è una Chiesa?>

<Lascia perdere! Ma dà subito disposizioni di scavare sotto la piastra metallica e fate le cose con molta cautela, là sotto potrebbero esserci dei morti!>

<Morti?> Intervenne Ciruan, <Cosa intendete dire?>

Una spiegazione risultò abbastanza difficile. In tutti i 30.000 anni della loro epoca storica i morti non si seppellivano più. Il sistema di clonazione, il recupero degli organi etc., etc., faceva sì che niente venisse "buttato" (così si espressero quando spiegammo cos'era un cimitero), l'idea di seppellire un corpo la consideravano piuttosto idiota! Però ora avrebbe potuto essere utile.

Ci abbandonarono per un paio di giorni poi tornò Ciruan, insieme all'ormai inseparabile Vers, ed esordì: <Abbiamo fatto quello che avete chiesto, volete venire con noi?>

Finalmente ci portarono al sito, ci fece un certo effetto, non c'era dubbio eravamo partiti da lì! Piuttosto faticosamente riuscimmo a riconoscere alcuni luoghi dove eravamo stati, li indicammo a Ciruan che, insieme sempre a Vers, ci seguiva in silenzio, un poco impacciati dalle strane tute protettive che erano costretti a portare. Più che tute spaziali sembravano tute da footing che li ricoprivano totalmente, da dove ricavassero l'aria non l'abbiamo mai capito molto bene!

Poi ci accompagnarono al "cimitero". Questo luogo non esisteva quando eravamo stati lì, cosa era accaduto nei millenni dopo la nostra partenza, francamente era un mistero e tale restò!

Vers ci spiegò, attraverso la radio della sua tuta:

<Avevate ragione, abbiamo trovato i resti di tre cadaveri riconoscibili, probabilmente ve ne erano altri, ma non è rimasto niente. Li abbiamo portati in laboratorio, volete vederli?>

Non che ci tenessimo molto ma avrebbero potuto darci qualche informazione, sarebbe stato troppo bello se uno di loro fosse il caro amico Hesner! Per cui accettammo!Entrammo in uno degli edifici dove, con gran sollievo, Ciruan e Vers si tolsero le cosiddette "tute" restando tranquillamente completamente nudi, evidentemente non avevano portato con loro un ricambio! Gli astanti si avvicinarono salutandoci e ignorando senza problemi i due personaggi senza vestiti.

Uno di loro si presentò e:

<Mi chiamo Glors, abbiamo trovato questi resti.> Ci disse indicandoci delle "cose" che forse un giorno dovevano essere stati uomini, almeno lui ne sembrava convinto in realtà erano solo piccoli pezzettini di qualcosa forse a base carbonio e un po di polvere. Come cavolo erano riusciti a trovarli e a comprendere qualcosa da questa roba era un mistero! Se uno di loro era Hesner era molto cambiato!

<Non abbiamo potuto avere molte informazioni da loro, è rimasto troppo poco, possiamo solo dire che erano tre donne, non è stato possibile capire la causa del loro decesso; sono morte all'età di 65, 73, e 75 anni, dei vostri anni intendo!>

Beh! Hesner non crediamo abbia cambiato sesso!

<Vi è un solo dato importante. Dalle vostre informazioni questo sito non esisteva al vostro tempo, né in un tempo precedente. La donna morta per prima è deceduta 68.303

*anni fa! Se ne deduce che voi arrivate da un tempo antecedente a 68.300 dei vostri anni!>*

*Glors aveva fatto dei miracoli! Altro che poche informazioni! Ma a quel punto comprendemmo con una lucidità straordinaria! Quelle donne erano morte sicuramente molto dopo la nostra partenza, quando la base di Plutone era già cambiata parecchio, e perché questo potesse accadere dovevano essere passate centinaia di anni! Eravamo tornati su Plutone 70.000 anni dopo la nostra partenza!*

# 15

*(ieri)*

Plutone era là, davanti a noi! Una palla di roccia e ghiaccio, con un'atmosfera che, ogni tanto, si raffreddava ad un punto tale da gelarsi. In quel momento il planetoide, nella sua rivoluzione eccentrica, era abbastanza vicino al sole da avere l'atmosfera libera. Quindi appariva come un luogo pietroso, piuttosto piccolo (anche la Luna è più grande!) e decisamente poco ospitale.

Passammo vicino ai cinque satelliti, a parte Caronte poco più che delle rocce, quando la radio si mise a parlare:

<Qui Hesner, come va ragazzi?>

Impossibile liberarsene! <Va bene, pensavamo di andarcene per conto nostro, ma non l'avremmo mai fatto senza salutarti!>

<Mi fa piacere! Vi invio le coordinate di atterraggio.>

<Ok a presto Hesner.>

Individuammo subito il luogo dell'atterraggio, dallo spazio, anche grazie alla nostra nuova vista, si vedeva chiaramente la scintillante e nuovissima base dell'**Agenzia**. Per la prima volta, da quando ci avevano dato la navetta come corpo, atterravamo su un pianeta.

Dovevamo entrare in un hangar molto simile a quello di Giapeto, là, lo sapevamo, ci avrebbero tolti da Dalila per immetterci ancora in un cavolo di corpo robotico. La cosa non ci piaceva affatto, ci eravamo abituati ad essere la piccola nave spaziale, ma... il prossimo passo erano le stelle!

Furono fin troppo efficienti, in quattro e quattr'otto ci ritrovammo nuovamente nel corpo di un robot!

La prima sensazione fu quella di essere nudi! O meglio, avevamo l'impressione che ci mancasse qualcosa che ci avessero amputati! Ed era realmente così, non potevamo volare, non potevamo correre nello spazio, eravamo stati derubati di qualcosa! Comunque ci adeguammo molto rapidamente alla nuova situazione, cominciavamo a farci l'abitudine!

Il nostro nuovo "corpo" era piuttosto diverso dal precedente, meno massiccio ma decisamente più efficente. Lo provammo quasi subito, era come essere diventati degli sportivi, ci sentivamo particolarmente agili. Durante queste prove ci raggiunse Hesner:
<Come va ragazzi?> Esordì.
<Ciao Hesner, abbastanza bene, questo robot è assolutamente eccezionale, ma ci manca la navetta!>
<Non preoccupatevi più di tanto, stiamo assemblando Dalila, presto potrete collegarvi a lei e potrete ritrovarvi nello spazio esattamente come prima. Tutto questo fa parte del nuovo addestramento cui sarete sottoposti. Dovete abituarvi ad assemblarvi a navette, moduli ed elementi esterni al vostro "corpo". Quando partirete si suppone visiterete altri pianeti, dovrete inviare sonde, navette, robot e quindi dovete sin d'ora cominciare ad abituarvi a considerare questi mezzi come se siano parte integrante del vostro stesso corpo.

Ovviamente non potrete atterrare direttamente su un pianeta con l'Astronave, ma i supporti spaziali e di esplorazione che porterete saranno come parte di voi e potrete visitare i pianeti senza staccarvi da Maja ma come se foste là in prima persona, anzi.... sarete là!>
<Fantastico!> Gridammo realmente entusiasti, <quando inizieremo?>
<Basteranno tre giorni per terminare i lavori, è tutto già predisposto e nel vostro nuovo corpo troverete, se non l'avete già fatto, i collegamenti necessari. Vi allenerete con Dalila, ci aspettiamo che viaggiate nello spazio circostante e che vi abituate ad atterraggi, anche difficili, sia su Plutone che sui suoi satelliti. Tutto questo per i prossimi quattro mesi, dopo vi integreremo all'interno di Maja e continuerete il vostro "stage" direttamente con le funzioni dell'Astronave Stellare. Se tutto va bene partirete fra circa nove mesi.>
<Il tempo di fare un bambino!> Commentammo.
<Si!> Rispose Hesner <Faremo un bel bambino!>
Non avevamo trovato i collegamenti alla navetta inseriti all'interno del nostro nuovo corpo, ma non li avevamo neppure cercati, quindi...eccoli là! Hesner ci informò che, fino al completamento dei lavori nella navetta, sarebbero stati inerti, quindi non ce ne preoccupammo più.

Passammo i successivi tre giorni a conoscere i compagni dell'**Agenzia** ed a visitare la base.

Plutone era il punto più avanzato dell'umanità nello spazio. Un pianeta decisamente difficile! La base era stata costruita in una zona particolarmente protetta. Là, ci informarono, l'atmosfera non gelava mai, le rocce contenevano una curiosa composizione metallica che ricordava il titanio! Vi erano ottime garanzie di durata.

Non era molto grande e costruita in modo essenziale, vi era poco spazio per il relax, solo una piccola stanza con un bar e un po di musica.

Imponenti, invece, gli hangar e le industrie esterne, dove un'attività febbrile faceva ben comprendere che là si stava facendo qualcosa di straordinario!

Hesner era la nostra ombra, anche nelle passeggiate esterne.

Durante una di queste ci invitò a seguirlo. Si recò in una zona d'ombra, lontano dalla base, e ci indicò il cielo; si vedeva una grossa stella, Hesner sussurrò:

<Ecco Maja!>

Usammo subito la nostra vista eccezionale e, davanti a noi, apparve qualcosa di incredibile! Sembrava un planetoide! O un grosso meteorite allungato e lucente!

Avete mai visto un robot restare a bocca aperta? Si! L'avete già visto, bene! Guardatelo ancora!

Mai l'umanità aveva costruito qualcosa del genere, un'astronave di 35 km. per tre! Assolutamente incredibile, straordinario! La luce del sole lontano la illuminava come un albero di Natale!

Ci venne una gran voglia di visitarla, di andare là! Hesner cercò di calmarci, non era il momento ma, quando saremo collegati alla navetta, potremo visitarla ma ancora da lontano e facendo ben attenzione perché l'**Agenzia** stava tuttora lavorando alla nave e decine e decine di navette e moduli transitavano vicino ad essa, comunque sia occorrerà non avvicinarsi oltre i 100.000 km.. Ci informò e, infatti, notammo molte navette che facevano la spola continuamente fra Plutone e Maja ed altre che stazionavano nei pressi di quel gigante!

Quella cosa doveva divenire il nostro ultimo corpo! Non riuscivamo a capacitarcene, pazzesco!

Rientrammo pensierosi nella base. Hesner ci lasciò soli nella nostra stanza. Anche se per un robot era abbastanza inutile, anche noi avevamo una stanza, evidentemente un luogo dove, normalmente, sostavano umani "normali", poiché aveva cucina, bagno e camera da letto, cose inutili per noi. Crediamo che ci abbiano messo quell'appartamentino a disposizione più che altro per non farci dimenticare la nostra "umanità".

Vi era anche un personal e una consolle dotata di diversi monitor, attraverso questi potevamo collegarci con qualsiasi punto della base e trovare programmi di intrattenimento, ma, anche in questo caso, erano inutili poiché il nostro "corpo" era già di per sé un personal, consolle e monitor ben più efficiente. Tutto fatto salvo per i programmi di intrattenimento, ma avevamo noi stessi un magnifico e personalissimo "programma di intrattenimento" che usavamo ogni volta che ci ritiravamo a riposare: facevamo l'amore!

Fare l'amore nel nostro stato era un'esperienza assoluta e straordinaria! Come descriverla?

All'inizio eravamo stati un po cauti, facevamo l'amore in coppia, spesso io con Jennifer e Anna con Arun; qualche volta ci scambiavamo, ma comprendemmo subito che così non poteva funzionare. Io sentivo le sensazioni di tutti gli altri: ero Jennifer, ero Anna, ero Arun e, ovviamente, per gli altri era la stessa cosa! Fatti diversi "esperimenti" (provammo anche io ed Arun e Anna con Jennifer) dovemmo "arrenderci".

Iniziammo così a fare l'amore tutti e quattro insieme! Con i nostri corpi originali è fisicamente impossibile, nel nostro caso era normale! Facevo l'amore contemporaneamente con Jennifer, Arun e Anna! Si può immaginare una cosa del genere senza provarla?

Non era più solo sesso, da tempo avevamo imparato a rispettarci e a liberare i nostri sentimenti. Ora, uniti in un solo corpo, conoscevamo ogni cosa l'uno dell'altro e il nostro amore trascendeva il rapporto fisico, era meraviglioso!

L'**Agenzia** l'aveva previsto! Era uno dei suoi obiettivi, questo sentimento, ormai fortissimo, che accomunava noi quattro, era la "chiave di Volta" che ci avrebbe permesso di superare la terribile prova che ci attendeva! L'Amore con la maiuscola è il sentimento più forte in assoluto, qualcosa che poteva superare lo spazio e il tempo; poteva superare la morte stessa! Potevamo morire, dimenticare noi stessi, perderci nell'infinito, ma l'Amore sarebbe rimasto! Nessuno meglio di noi avrebbe mai avuto occasione migliore per comprendere che l'Amore è la forza che muove i mondi, che scalda le stelle; l'Amore è la forza che fa muovere l'universo! Era l'Amore che ci permetteva di convivere insieme e condividere le esperienze ed i pensieri più nascosti. Era l'Amore che ci impediva di impazzire del tutto, che ci faceva agire con un solo corpo ma con quattro coscienze diverse! L'**Agenzia** lo sapeva ed aveva deciso di usare e sfruttare questo sentimento, l'unico che ci avrebbe permesso di affrontare l'infinito, le stelle, la morte, Dio stesso!

<Ragazzi siamo pronti!> Ci chiamò Hesner. <La navetta è stata predisposta, vi consiglio di mettervi in un posto tranquillo e, quando mi avvertirete, darò disposizione di aprire il collegamento.>

Ci recammo di corsa nella nostra stanza, ci mettemmo "comodi" e avvertimmo Hesner: <Ok, quando vuoi!>

<Fate le cose con calma, non precipitate le cose, aspettate, siate sicuri, prendete confidenza con il vostro nuovo stato; ma ormai siete abituati a questi passaggi! Ok, via!>

Ritrovammo immediatamente i collegamenti e... fummo nuovamente Dalila!

Avevamo recuperato il nostro vecchio corpo: la piccola nave spaziale!

Fummo presi da una grande euforia ma, riuscimmo a calmarci! La nave era tornata ad essere le nostre gambe, le nostre mani, i nostri occhi.... ma, contemporaneamente "sentimmo" il nostro vecchio corpo: il robot!

Potevamo estraniarci completamente dal corpo del robot, ma bastava uno stimolo anche minimo per "sentire" nuovamente il robot!

La sensazione era stranissima, potevamo essere in due posti contemporaneamente, la navetta ed il robot, il robot e la navetta.... e tutto questo era il nostro "corpo"! Provammo a dividerci: due di noi collegati alla navetta, altri due al robot, ma era difficilissimo poiché i due nel robot sentivano le emozioni e la fisicità che vivevano gli altri due nella navetta, e viceversa.

Facemmo molti esperimenti e così scoprimmo che era possibile, ma per poco tempo, un po come i vecchi tentativi che avevamo fatto quando volevamo dormire a turno. La soluzione, come in quel caso, era quella di accettare questo stato tutti e quattro contemporaneamente.

Imparammo ad avere due corpi nello stesso istante. Dopo molti esperimenti e prove aprimmo la comunicazione con la base:

<Bene! ci siamo, chiediamo il permesso per il decollo!>

<Permesso accordato ragazzi!> Rispose una voce <Buon volo!>

Come quasi un anno prima ci lanciammo nello spazio! Ancora una volta provammo delle sensazioni inebrianti, straordinarie! Era meglio che ubriacarsi! Era esilarante! Lo spazio era la nostra casa, il nostro letto, il nostro vero mondo!.....

Non riportammo la navetta nell'hangar, era inutile. Quando volevamo rientrare nel corpo del robot, lui era lì ad attenderci, così potevamo lasciare Dalila tranquillamente nello spazio profondo, o in qualche orbita, e ritornare istantaneamente alla base per conferire con Hesner o altri oppure, semplicemente, fare un giro su Plutone o fra i laboratori e le stanze della base stessa.

Visitammo i cinque satelliti di Plutone: Caronte, Stige, Cerbero, Notte e Idra. A parte Caronte poco più di grosse rocce che orbitavano intorno al planetoide. Atterrammo sui satelliti più volte, qualche volta anche rischiando molto. Su consiglio (o forse era un ordine?) di Hesner, imbarcammo (meglio dire che immagazzinammo attaccandolo all'esterno della navetta) il "nostro" robot e, durante alcuni dei nostri atterraggi sui satelliti, "entrammo" all'interno del robot per passeggiare sul loro suolo accidentato.

Stessa cosa fu fatta su Plutone. L'atmosfera del pianeta si gelò donandoci uno spettacolo meraviglioso: Plutone divenne un caleidoscopio di colori e di formazioni ghiacciate che parevano immense cascate sparse ovunque sul suolo del pianeta. Atterrammo su questo ghiaccio e uscimmo con il robot. Le sensazioni e la meraviglia erano straordinarie, non c'era limite alla grandezza della natura!

Ci avvicinammo a Maja! Era qualcosa di assolutamente incredibile, immensa, l'uomo non aveva mai costruito qualcosa di anche solo minimamente paragonabile. Vedere quella nave che sembrava riempire lo spazio ci dava una grande soggezione. E pensare che quello sarebbe stato il nostro "corpo" definitivo, incredibile!

Era gigantesca! 35 Km. di lunghezza, dava un senso di potenza, non era tozza ma affusolata, come se dovesse affrontare l'atmosfera. Era larga tre km. e non presentava protuberanze di nessun genere.

I motori atomici e la sede dei nostri cervelli erano assolutamente insignificanti e nascosti all'interno dell'immensa nave stellare. Così anche le piccole navette (ne aveva otto) e i moduli (54). Tutte queste cose avrebbero fatto parte del nostro "corpo" stentavamo a crederlo! Si aggiungevano milioni di sensori sparsi per tutta la nave ma assolutamente invisibili, ed anche quelli, come tutte le cose, le paratie, il metallo, tutto sarebbe stato una parte del nostro "corpo"!!!

Intorno a Maja centinaia di navette, moduli spaziali e cose che neppure noi comprendevamo, si agitavano convulsamente. Era l'apoteosi! L'**Agenzia** aveva profuso nell'astronave il suo massimo sforzo, forse non si sarebbe potuta ripetere mai più un'avventura del genere!

Ci rendemmo conto con un certo timore che le nostre esperienze passate: la disiscorporazione, i robot, la navetta, erano niente in confronto a quello che ci aspettava!

Comunicammo via radio i nostri dubbi e le nostre paure a Hesner che ci rispose:

<E' vero ragazzi! L'avventura deve ancora cominciare. Non sarà facile abituarsi al "corpo" di Maja, sarà un'esperienza completamente nuova, ciò che avete già passato è soltanto un piccolo assaggio di quello che vi aspetta. Vorrei dirvi di non preoccuparvi, darvi "una pacca sulle spalle", ma, onestamente, non posso. Tutto è nuovo, non sappiamo cosa accadrà, non sappiamo neppure se sarete veramente in grado di sopportare di essere Maja! Voglio solo ricordarvi che siete e sarete sempre in tempo a ritirarvi, solo quando

partirete non potrete più ritornare indietro! Ma, nel contempo, ricordatevi quello che ha detto Devi: *"Le stelle oltre la morte!"* E' questo che vi attende!>

Hesner era un vero bastardo!

Il giorno tanto temuto e tanto amato, arrivò:

<Ragazzi ci siamo, andate su Maja, vi aspettano!> Ci comunicò Hesner.

Il nostro robot era sempre attaccato alla navetta Dalila, per cui non c'era problema, rispondemmo:

<Ci assembleremo a Maja?>

<Esatto, troverete sul posto i tecnici dell'**Agenzia**, quando sarete nei pressi dell'Astronave Stellare vi comunicheranno cosa fare... Io vi saluto ragazzi! Resterò a lungo su Plutone, chissà forse tornerete, in caso contrario vorrei dirvi che... siete degli eroi! Addio ragazzi!>

<Come sempre sei molto consolante Hesner. Comunque addio anche a te e... buona fortuna! Buona fortuna a te ed a tutta l'umanità! Addio Hesner...>

Possono quattro cervelli inseriti in un robot che hanno come corpo una navetta essere emozionati?

Si! E' possibile!

Al momento della trasmissione eravamo in orbita nei pressi di Plutone. Non so cosa ci prese ma ritenemmo doveroso rivisitare dapprima i satelliti, poi ci buttammo a tutta velocità verso il pianeta. L'atmosfera era ancora ghiacciata, per cui non c'era molto pericolo. Sorvolammo il pianeta da un'altezza pericolosa anche per un elicottero! Sfiorammo i tetti della base dell'**Agenzia** e ci buttammo verso lo spazio esterno! Era questo il nostro modo di salutare!

Maja era a 300.000 km. da Plutone, una distanza abbastanza importante anche per una navetta spaziale. Man mano che ci avvicinavamo l'Astronave ingrandiva fino a mostrare tutta la sua imponenza.

Il via vai di navette e moduli non appariva affatto diminuito! Saremmo stati semplicemente una delle tante navette in avvicinamento.

Per la prima volta superammo il limite di 100.000 km. che ci aveva imposto Hesner. Ci avvicinavamo cauti e un po timorosi! 50.000 km., 40.000, 20.000, 10.000 l'astronave cominciava a riempire lo spazio davanti a noi... 1.000 km, 500, 200, 100: Maja occupava tutta la visuale.

<**Agenzia** a navetta Dalila, **Agenzia** a navetta Dalila, rispondete!>

Le sorprese continuavano! Non era mai accaduto che un posto di controllo, una base o chicchessia, si presentasse come l'**Agenzia**, la fantastica e leggendaria organizzazione cui appartenevamo, ma qui **era l'Agenzia!**

<Qui Dalila, vi ascoltiamo.> rispondemmo.

Mettetevi in un'orbita stazionaria intorno a Maja e attendete ordini!>

Non si scherzava più!

Restammo in orbita quasi due giorni, eravamo convinti ormai di essere stati dimenticati quando fummo risvegliati bruscamente alla realtà:

<Dalila, qui **Agenzia**, rispondete!>

<Eccoci! quali disposizioni?>

<Vi inviamo le coordinate di avvicinamento, operate immediatamente! Appena giunti staccatevi dalla navetta e liberate il robot, un modulo vi si avvicinerà, seguitelo ed attendete istruzioni!>

C'era poco da discutere! Era quasi meglio Hesner! Obbedimmo e subito arrivò il modulo. Ci segnalarono di attaccarci ad esso con il robot. Eseguimmo.

Il modulo, insieme a noi, si accostò alla Nave Interstellare che ormai conteneva tutto il campo visivo. Davanti a noi si aprì un portello, il modulo ci portò verso di esso poi:

<Staccatevi dal modulo, entrate nel portello, troverete degli inservienti umani, affidatevi a loro!>

Quella voce cominciava ad esserci antipatica! Comunque riuscì a farci ubbidire alla lettera!

Una volta entrati ci trovammo in uno spazio decisamente troppo angusto: il robot non ci stava! Gli umani indossavano tutti tute spaziali, non ci dissero nulla, senza che potessimo reagire minimamente ci staccarono dal "corpo" del robot e fummo assemblati ad una nuova realtà!

Tutto si era svolto così rapidamente e convulsamente da non darci neppure il tempo di provare nostalgia per la navetta Dalila ormai abbandonata per sempre, né per il nostro povero "corpo" robotico. Non ci avevano dato il tempo di pensare!

Ci trovammo così, quasi senza rendercene conto, assemblati alla Nave Interstellare Maja! Maja era il nostro corpo!

Non ci capivamo niente! Per fortuna una voce ci venne in aiuto:

<Ciao ragazzi! State tranquilli, io sono qui con voi per aiutarvi ad abituarvi al vostro nuovo e vero "corpo"! Mi chiamo Elisa e sarò con voi fino a quando vi sentirete pronti per partire.>

Ci disse quella voce! Era una voce femminile, molto calda e pacata, quello che ci voleva in quel momento!

<Chi sei Elisa?> Riuscimmo faticosamente a rispondere attraverso i nuovi sensori cui non eravamo ancora abituati.

<Sono un'ingegnere, ma non spaventatevi dalla mia qualifica, sono una ragazza di 36 anni, da sempre reclutata dall'**Agenzia**, conosco molto bene i sistemi cui siete collegati e... non sono sposata!>

Interessante! Jennifer e Anna ebbero un fremito d'insofferenza!

Aiutati da Elisa cominciammo ad esplorare il nostro nuovo corpo: era assolutamente soddisfacente e straordinario. Altro che Superman! Quello era niente in confronto a noi!

I sensori del nostro "corpo" erano milioni, imparammo a riconoscerli come riconoscevamo le nostre dita, i nostri sensi, i pori della nostra pelle! Così le navette, i moduli ogni cosa appartenente alla Nave.

Imparammo a far partire le navette ed i moduli della nave, li inviammo su Plutone e sui suoi satelliti, eravamo noi, sempre noi, fisicamente in prima persona, che atterravamo sul pianeta, su Caronte, su Notte, su Idra! Hesner aveva ragione, l'esperienza con la navetta Dalila era stata uno scherzo!

Utilizzammo il motore atomico della nave, spostammo agevolmente quel gigante nello spazio fino a quando raggiungemmo la stessa sensibilità, anzi probabilmente superiore, che avevamo avuto con la navetta.

Effettuammo, seguiti costantemente da Elisa, centinaia di simulazioni in ultra luce. Occorsero ben due anni per recepire tutte le potenzialità di Maja e diventare realmente un tutt'uno con l'Astronave Stellare. Molto di più di quanto aveva previsto l'**Agenzia**. Ma questa straordinaria organizzazione poteva avere una pazienza straordinaria. Non ci fecero mai fretta, anzi, volevano essere ben certi della nostra totale integrazione. Elisa era sempre lì, pareva non dormisse mai, non ci abbandonò neppure un istante! Ormai Maja non aveva più segreti, la sentivamo parte di noi, era il nostro corpo definitivo, ci pareva che l'astronave fossimo noi, la recepivamo come non avevamo recepito neppure il nostro originale corpo di carne e sangue!

L'Astronave, al di là delle navette, dei moduli, di tutte le apparecchiature ed i sensori di cui era provvista, era l'acceleratore di particelle! Trentacinque km. di acceleratore, con i suoi speciali ciclotroni ben integrati. Il tutto pronto a produrre un fascio tachionico che ci avrebbe portato oltre la luce! Cosa sarebbe accaduto a quel punto, non lo sapeva nessuno. Elisa ci ricordò:

<Amici miei, quando supererete la velocità luce avrete, probabilmente, diverse opzioni: se toglierete tutta l'energia al fascio tachionico, riteniamo che questo vi porterà a massa e velocità infinite: vi troverete, istantaneamente, in tutti i punti dell'universo e nello stesso momento! Ovviamente una situazione del genere porterà ad un forte disorientamento, il vostro istinto vi solleciterà a togliere completamente l'energia e liberare totalmente la forza tachionica, combattetelo e cercate di dare energia! Ridurrà la vostra velocità e, forse, con l'abitudine, riuscirete anche a controllarla: una cosa è viaggiare a due volte la luce, o tre, quattro, dieci, mille o anche un milione di volte la velocità della luce! Una cosa è viaggiare a velocità infinita! Tenete ben presente questo fatto, è, probabilmente, la sola possibilità che avete di ritornare!>

Ormai sapevamo come fare, come dare e togliere energia, come sviluppare il fascio di tachioni, come fermare il processo, come liberare i tachioni nell'universo e liberare quindi anche noi! Come ricominciare d'accapo! Ma certo tutto restava molto inquietante!

<E sulla questione della morte, cara Elisa, che ci puoi dire?>

<Niente! Morirete! E' inevitabile! La questione è: **avrete il "coraggio" di tornare in vita?** Dipenderà, credo, da voi, solo da voi! Cercate di ricordarvi che io sono qui, vi aspetto e vorrei conoscervi, come miliardi di persone sulla Terra. Tornate! Tornate amici miei, tornate, noi vi amiamo!...>

Molto confortante....

Col tempo ci rendemmo conto che Elisa... non era una sola persona, né un'equipe, Elisa era tutto l'apparato scientifico dell'**Agenzia** in continuo contatto con noi, che ci consigliava, ma che anche ci studiava! Elisa era il portavoce dell'**Agenzia**, per evitarci disfunzioni psicologiche l'**Agenzia** si manifestava nella voce di una persona, probabilmente in carne ed ossa. Fecero le cose per bene perché, pur avendo compreso cosa c'era dietro, per noi Elisa... restava Elisa!

Un giorno ci chiamò:

<Amici! Come valutate il problema spazio-tempo?>

<Cara Elisa> rispondemmo <è soltanto uno dei mille quesiti che ci poniamo quotidianamente: il rapporto spazio- tempo ci appare chiarissimo da quando abbiamo inglobato nel nostro essere la memoria computerizzata di Maja, resta però la questione legata al rapporto vita-morte e come potrà influire sulla nostra sensibilità spaziotemporale. Temiamo che sarà difficile controllare la morte, quindi ritrovare la strada del ritorno ed avere anche la volontà di tornare sia in senso psichico che in senso fisico, immettendo energia nel sistema tachionico, e controllare lo spazio-tempo in contemporanea!>

<Mi rendo conto,> rispose Elisa <ma si ritiene che un semplice atto di volontà da parte vostra potrà, quantomeno, controllare lo spazio, ma anche il tempo, sia pure entro

determinati limiti! In poche parole dovreste, una volta abituati al nuovo stato che vivrete in situazione ultra luce, avere la sensibilità di ritrovare un luogo ben determinato con un atto di volontà comune da parte vostra. Fate attenzione, potrete ritrovare quel luogo ma non lo stesso spazio, il che è un fattore positivo, altrimenti, se vorrete ritornare sulla Terra, non la ritrovereste a causa del suo moto galattico, quindi la vostra volontà vi porterà dove sarà la Terra in quel momento, al di là dello spazio ma terrete istintivamente conto del tempo passato! Questo vi aiuterà anche a controllare, entro determinati limiti, la relatività temporale.>

<Se abbiamo ben compreso, non torneremo sulla Terra fra qualche milione di anni, ma in un tempo che possiamo ritenere ragionevole! Però ci sembra di capire due cose: prima! Sarà necessario da parte nostra, una volta partiti a velocità ultra luce, un periodo di adattamento alla nuova situazione, un poco come quando siamo stati assemblati dapprima nel contenitore, poi nel robot, quindi nella navetta e ora in Maja! Seconda! Avremo probabilmente la sensibilità di tornare ad un punto prestabilito con un atto di volontà, ma quel punto dovremo conoscerlo bene perché dobbiamo averlo già visitato con Maja, con il nostro nuovo "corpo", altrimenti non lo riconosceremmo! Quindi potremo tornare su Plutone, ma non sulla Terra>

Elisa tacque a lungo, poi:

<Avete ragione! Quindi stabilite, una volta partiti, un periodo di "stage", valutate, imparate il più possibile di quello che vi circonderà! Riteniamo che potrà essere la "chiave di Volta" per le prossime spedizioni, ma... dobbiamo avvertirvi: più lungo sarà lo "stage" più tempo passerà. A causa della relatività voi non ve ne accorgerete, ma noi sì! L'**Agenzia vi ordina** di effettuare questa "stage" per tutto il tempo che riterrete necessario, ma non vi aspetterà, si ritiene che non ritornerete per i prossimi millenni!>

Restammo annichiliti! Elisa si era tradita! E' questo che volevano dirci! Ma l'**Agenzia** aveva dato un ordine, e noi eravamo ufficiali dell'**Agenzia**! Come potevamo ignorarlo!

Ci sentivamo onnipotenti, il nostro "corpo" era una nave stellare! Niente avrebbe mai potuto fermarci! Eravamo pronti e l'**Agenzia** lo sapeva!

<Qui Elisa, ragazzi come va?>

<Ciao Elisa, benissimo e tu?>

<Non male, mi sono trovata un ragazzo, sapete com'è, per passare il tempo....>

<Lo sappiamo bene Elisa, chissà, se un giorno ci conoscessimo....>

<Non correte troppo! Allora amici miei, vi sentite pronti?>

Avevamo compreso... ci fu una pausa poi:

<Sì Elisa, non potremmo mai essere più pronti!>

<Devo farvi ancora un'ultima domanda!>

<Spara!>

<Qualcuno di voi vuole ritirarsi?... Siete ancora in tempo, pensateci, non sarebbe né una vergogna né vigliaccheria; al contrario la vostra esperienza sarebbe utilissima a chi vi seguirebbe. Vi do un giorno di tempo, prendetevelo tutto poi chiamatemi! A domani ragazzi miei!>

Avremmo potuto rispondere subito, ma lei non voleva, dovevamo pensarci. Pensare a cosa? Lo sapevamo, ci attendeva la morte! Potevamo tornare, forse, ma non saremmo più stati gli stessi e, probabilmente, non saremmo mai tornati! Erano ormai anni che pensavamo a questo, che lo sognavamo, che condividevamo le stesse paure, il terrore, gli incubi!!!

Ma dall'altra parte c'erano le stelle!!! C'era Arun che voleva prendere Dio per la coda!!!

**Cavolo siamo arrivati sin qui, andiamo avanti!!!**

Fu questa la risposta che demmo ad Elisa il giorno dopo!

<Ok ragazzi!> ci disse, quasi con tristezza <Allora procediamo, il momento è arrivato, io vi lascio, è stato un piacere, un grande, immenso piacere. Molti mi invidieranno e, un poco, anch'io invidio voi. Ma non avrei mai potuto avere il vostro coraggio. Ragazzi miei addio! Andate incontro alle stelle!>

<Addio Elisa, nuoteremo fra le galassie per te!>

Cosa potevamo dire? Solo fesserie. Il tempo per parlare era finito!

Fu il silenzio, poi, dopo qualche minuto:

<Qui **Agenzia**, Maja rispondete!>

<Qui Maja, attendiamo istruzioni!>

<Collegate i ciclotroni, ora!>

Agimmo immediatamente, abituati ormai da centinaia di simulazioni:

<Ok **Agenzia**, fatto!>

<Aprite i sensori per la produzione tachionica, fra dieci secondi: nove, otto, sette, sei, cinque, quattro, tre, due, uno, ora!>

Agimmo in perfetto tempismo.

<Quando volete rilasciate il fascio di tachioni!>

<Ok, **Agenzia**, fra cinque secondi: quattro, tre, due, uno: partiamo!>

*(oggi)*

Controllo aveva recuperato la memoria della nave. Dopo averla assemblata all'apparato dei Cervelli, riversò tutti i dati e così venne a conoscenza di ogni cosa. Ne fece partecipe Ciruan e inserì la memoria nel circuito di informazione dell'umanità e, fatto straordinario, la visionarono miliardi di persone.

Ciruan commentò con Controllo:

<E' assolutamente incredibile!>

Controllo non era certo tipo da impressionarsi ma disse:

<Dobbiamo studiare queste informazioni! Dobbiamo iniziare un programma nuovo e costruire altre navi interstellari, possiamo farlo e meglio di come avevano fatto questi eroi!>

Un computer eccitato! Poi continuò:

<Presto solleciterò il sottosistema Reclutamento, abbiamo bisogno di tutti!>

Ciruan intervenne:

<Si! Controllo, ma devi anche informare la gente e invitarla a rivolgersi a Reclutamento, dopo questa bomba vedrai che tantissime persone lo faranno!>

<Hai ragione Ciruan, tutto questo risveglierà l'umanità!>

Ciruan e Vers ormai vivevano insieme. Il loro era un rapporto curioso: Ciruan avrebbe dovuto essere la femmina e Vers il maschio, fisicamente si manifestavano così, ma di fatto il loro rapporto era esattamente il contrario! Tra l'altro Vers era ben venti centimetri più basso di Ciruan e questo lo faceva, istintivamente, dipendere dalla donna. Ne trovava, però, una grande soddisfazione. Si trovavano molto bene insieme!

<Ciruan!> Disse un giorno Vers: <Ora stiamo vivendo questa straordinaria esperienza con la venuta dei quattro cervelli da un passato lontanissimo, ci hai pensato bene?>

<Certo caro!> Gli rispose <è come spaziare sulla preistoria, è veramente un'esperienza unica!>

<Ma non solo Ciruan!> Insistette Vers <Quando tutto questo sarà finito, quando avremo compreso tutte le implicazioni di questo cosa accadrà Ciruan e quale sarà il nostro ruolo?>

Ciruan restò un attimo interdetta, poi: <Cosa vuoi dire?...>

<Controllo farà costruire delle navi interstellari, delle navi ultra luce. Altri potranno viaggiare per le stelle, per lo spazio e per il tempo, cercare un significato oltre la morte, quel Dio di cui qualcuno parla. Altri lo faranno! E se....>

<Se lo facessimo noi?>

<Perché no Ciruan? Se lo facessimo noi?>

<Non hai paura di morire Vers?>

<Dopo questa esperienza potremmo più vivere come prima? Si Ciruan! Ho paura e, sono certo, anche loro hanno avuto paura, ma l'hanno fatto!!!>

<Hai ragione! Saremo insieme?>

<Certo! Sempre Ciruan!>

<Allora non avrò paura! ... Ne parlerò a Controllo caro, anzi voglio farlo subito!>

Non ci fu bisogno di molte parole, Controllo, ovviamente, aveva ascoltato, alla faccia della privacy!

<Vers, Ciruan! Da parte mia non vi è alcun problema, anzi ne sono felice! Se mi date il via informo subito Reclutamento, è sempre lui, il sottosistema, che può valutare al meglio le candidature, ma vista la vostra esperienza di prima mano, non credo vi sarà il benché minimo problema, inoltre.... ma chissà che non vi sia anche qualche sorpresa!>

Controllo, a volte, riusciva ad essere molto enigmatico!

Ciruan e Vers si recarono dai cervelli anche per dare loro la notizia:

I Cervelli ne rimasero favorevolmente impressionati, fecero loro i complimenti, quindi Ciruan chiese:

<C'è però una cosa che mi incuriosisce: perché quattro?>

<Perché siamo in quattro? Ma è stata una pensata degli psicologi dell'**Agenzia**... uno sarebbe impazzito subito, due si sarebbero sentiti soli, troppo soli, quindi... quattro! Tutto qui!

Ma tu non sai fino a che punto avevano ragione, se eravamo meno di quattro non saremmo mai ritornati indietro dalla morte!>

<Mi sembra abbastanza logico> intervenne l'onnipotente Controllo <tra l'altro, sulla base delle informazioni fornite dalla vostra memoria, stiamo studiando come far interagire una nave stellare ultra luce con centinaia di cervelli, anzi migliaia, che viaggino con lei. Credo che ci debba essere un comando e credo sia fattibile: ancora quattro al comando, insieme a migliaia che però non hanno capacità decisionale. La conoscenza e tecnologia attuali sia della fisica, sia della medicina, sia della psicologia umana, ci permetteranno sicuramente di costruire navi ultra luce molto efficienti e di ridurre il rischio di non ritorno. Resta il nodo temporale, per quello temo si potrà fare ben poco!>

<Pensate di far partire migliaia di cervelli in una sola nave?> Chiesero i Cervelli.

<Certo!> Rispose Controllo, <E' più che fattibile ed è anche un metodo straordinario per integrare fra di loro le persone, si può fare e, una volta giunti ad una destinazione, saranno clonati i loro corpi e saranno in grado di colonizzare il pianeta che avranno scelto. La vostra esperienza è stata fondamentale, cambieremo in parte l'approccio della disiscorporazione e inseriremo parametri atti a "diluire" il trauma della morte. Migliaia di coloni collegati tra di loro e con il "comando" saranno un'integrazione straordinaria e agiranno, durante il viaggio, come un corpo solo con conseguenze nuove e fantastiche! Potremo portare anche navette, robot e tutto quanto può essere utile.

Le nuove navi ultra luce saranno molto più grandi della vostra, dei piccoli planetoidi, possiamo farlo!

A questo proposito vi chiedo ancora il permesso di smantellare la vostra nave, potrà servirci per costruirne di nuove con motori più efficienti. Non usiamo più i motori atomici, ma possiamo imparare qualcosa dal vostro acceleratore e dai sistemi di integrazione che vi hanno permesso di fare della nave il vostro "corpo".>

I Cervelli tacquero un poco poi, con tristezza:

<D'accordo, fatelo, credo che a noi non serva più!>

Poi aggiunsero: <Controllo, siamo meravigliati dalla rapidità con cui avete "digerito" le nostre informazioni per iniziare un programma di esplorazione e colonizzazione stellare!>

<Digerito?> Chiese Controllo, poi continuò <Si credo di capire cosa intendete dire, a volte la nostra comunicazione è ancora piuttosto "complicata"... per rispondervi devo dirvi che è necessario comprendiate meglio l'attuale società umana. Vi sono pochi stimoli e necessità piuttosto scarse, non manca praticamente nulla! Davanti alle grandi sfide: cosa accade dopo la morte e la comprensione ed esplorazione dell'universo, l'umanità si è trovata la strada chiusa, per dirla con una metafora come spesso usate anche voi. Le eterne domande che l'uomo si è posto, non hanno mai avuto risposte concrete, solo teorie e supposizioni! L'esplorazione stellare è possibile ma i tempi sono lunghissimi e le soddisfazioni molto poche. Questo stato di cose ha fatto sì che la società è stanca...statica. Nonostante gli enormi progressi fatti in passato, oggi le novità sono scarse. Il vostro arrivo ha rivoluzionato tutto! Per la prima volta l'uomo può "toccare con mano" la realtà della morte ed esplorare l'universo! Può vivere tutto questo in prima persona!

Ci stiamo svegliando! E' quindi logico mettere in atto questo programma usando, se necessario, tutte le nostre risorse. La "voglia" dell'uomo di affrontare queste eterne sfide è tornata, grazie a voi abbiamo nuovi orizzonti, nuove frontiere da esplorare e, come sempre in questi casi, l'uomo ha fretta! Il mio ruolo non è secondario, sono in grado di acquisire miliardi di dati in pochi attimi e di mettere in atto qualsiasi progetto ragionevole, inoltre sono qui per recepire la volontà di chi mi ha costruito. Ho una capacità di reazione immediata e so usare le risorse del nostro tempo.>

I Cervelli rimuginarono quanto Controllo aveva detto, pensarono che tutto era straordinario, ma, forse il più straordinario era proprio Controllo! E poi... chi lo aveva costruito? Quando chiedevano quando era "nato" e chi l'aveva fatto "nascere", Controllo era molto evasivo, neppure lui lo sapeva! Ricordava vagamente un'organizzazione di cui si era persa ogni memoria. Qualcuno aveva affermato che Controllo esisteva da sempre! Forse Controllo era l'eredità dell'**Agenzia**? Dove sarebbe arrivata l'umanità con i progressi fatti dopo 70.000 anni? Quali frontiere avrebbe superato? Sicuramente sarebbe arrivata molto, molto più lontana di loro!

<Ho una proposta per voi,> esordì ancora Controllo <considerando la vostra straordinaria esperienza, ritengo che un'ulteriore disiscorporazione, cui siete abituati, possa essere effettuata a vantaggio comune. Vi propongo di inserire i vostri cervelli al mio sistema integrato. Diverrete parte di me! In questo modo avrete accesso a tutte le attività umane, sia nel sistema solare, sia oltre. Potrete viaggiare per le stelle, inseriti nel mio sistema, con le nuove astronavi che prepareremo in base alla vostra esperienza. Intendo mettere allo studio un sistema di comunicazione istantaneo, basato anch' esso sulle nuove tecnologie,

ho già diverse idee in proposito e sono certo sia attuabile, ma mi servirà l'inventiva umana per realizzarlo, attraverso di esso sarà possibile monitorare, non solo la Terra ed i pianeti circostanti, ma anche l'attività umana nell'universo! L'apertura mentale che vi coinvolgerà sarà straordinaria ed estremamente ampia. La vostra memoria non è sufficiente per contenerla tutta, ma verrà integrata da me. Se accettate, però, tenete presente due fattori: non sarà possibile tornare indietro! Il sistema sarebbe così complesso e integrato in ogni cosa che un ritorno da parte vostra causerebbe al sistema stesso, quindi a me, ed a voi, un danno estremamente grave! Inoltre per agire desidero chiedere consenso a tutta l'umanità. Questa richiesta sarà effettuata molto rapidamente nel sistema solare, ma occorreranno dodici anni per farla a tutti gli esseri umani attualmente sparsi nelle stelle vicine o in viaggio per altri sistemi. Mi sono permesso di inviare sin d'ora questa richiesta, in modo di accelerare i tempi, indipendentemente da quanto deciderete. Tutta l'umanità è quotidianamente informata su di voi, quindi conoscono bene le implicazioni del caso e la vostra esperienza. Possono anche vedervi, se lo desiderano, durante i nostri incontri e gli studi che ci siamo permessi fare su di voi, nonché ascoltare i nostri colloqui. Quindi tutti conoscono tutto! Se acconsentirete chiederò agli umani del sistema solare la loro opinione. Se la maggioranza rifiuterà non procederemo, se accetterà occorrerà attendere il parere degli uomini sulle stelle.

Dodici anni durante i quali potrete rimanere in questo stato, accedere ad uno stato differente, rientrare nella vostra astronave o farvi clonare i vostri corpi. Sta a voi decidere.>

Dopo una breve pausa i Cervelli risposero:

<Controllo, dobbiamo pensarci, la tua proposta è molto allettante e pensiamo di accettare ma vogliamo essere ben sicuri di quello che facciamo, non desideriamo fare degli errori dei quali potremmo pentirci. Al momento ti invitiamo a procedere, ma non dare ancora nulla di scontato.

Per essere ben certi di prendere la decisione giusta dobbiamo tornare ad essere quello che eravamo prima di iniziare questa pazzesca avventura, per cui abbiamo una richiesta da farti.>

<Dite!> Rispose.

<Desideriamo essere clonati, riavere i nostri corpi umani, almeno per un certo tempo, poi... si vedrà. Vogliamo viaggiare per il Sistema Solare, rivedere Marte, la Luna, vedere la Terra, è possibile?>

<Sicuramente, ditemi quando e provvederemo, possiamo farlo anche qui, su Plutone!>

<Bene Controllo, facciamolo subito. Ma prima vogliamo farti ancora una domanda.> <Si? Dite pure.>

<Sappiamo che l'umanità ha colonizzato le stelle, almeno quelle più vicine, potremmo visitarle?>

<Devo spiegarvi meglio a che punto è l'esplorazione stellare, ma per il momento le stelle colonizzate sono pochissime se volete potrete andarci, ma avete compreso che possiamo programmare in tempi abbastanza brevi una flotta di navi ultra luce? Vi consiglio di attendere gli sviluppi causati dalla vostra venuta inaspettata!>

Controllo aveva ragione, l'umanità si stava risvegliando, la possibilità di superare i limiti della luce, della morte, aveva eccitato gli animi. In 70.000 anni il progresso, per quanto lentamente, era stato gigantesco e poi... niente guerre, niente incomprensioni! Si! Controllo aveva ragione, questi uomini ora sapevano che il limite supremo: la luce e la morte, potevano essere superati, nulla li avrebbe più fermati!

Controllo continuò: <Abbiamo colonizzato il sistema trinario del Centauro: tre stelle che, con i loro pianeti, orbitano intorno a loro stesse: Proxima ha un moto molto irregolare ma, in determinati periodi è la stella più vicina al nostro sole: 4,22 anni luce, è una nana rossa! Assurdamente è nei pressi di Proxima che si è trovato il pianeta più promettente: Yesi, ma è stato abbandonato, Proxima è troppo instabile e fredda, il pianeta è condannato a 200.000 anni di gelo! Vi sono altri pianeti nei pressi di Proxima, su tutti (anche su Yesi ed i suoi tre satelliti) vi sono basi umane, ma con pochissime decine di coloni e centinaia di sistemi robot-informatici. Le altre due stelle sono Alpha Centauri A e Alpha Centauri B. Orbitano intorno a loro molti pianeti, le stelle sono simili al Sole terrestre e si trovano ad una distanza di 4,36 anni luce dal nostro sistema. Girano una intorno all'altra e, più lontano, orbita intorno ad A anche Proxima! Abbiamo scoperto ben tre pianeti con forme di vita a base carbonio, tutti e tre colonizzati dall'uomo. Come sapete dai dati che vi abbiamo fornito sono molto numerose le basi che abbiamo sui satelliti e su altri sedici pianeti senza atmosfera o con atmosfera velenosa, ma comunque colonizzati e con diverse città protette sotto le cupole. Vi sono anche otto pianeti giganti gassosi tutti muniti di anelli, tre ancora più belli di Saturno. La popolazione umana complessiva emigrata sulle stelle è di 3 miliardi circa (nel sistema solare, Terra compresa, sono circa 12 miliardi).

Infine siamo arrivati alla Stella di Barnard: il più lontano avamposto umano: 5,96 anni luce dalla Terra. E' una Nana Rossa variabile: vi è un pianeta abitabile posto a 8 milioni di km. dal piccolo sole. Si vive in una situazione infernale, le stagioni si susseguono ad una velocità rapidissima, con sbalzi di temperatura folli: cicloni e tempeste, niente satelliti, vi è un insediamento umano di 200.000 coloni folli e coraggiosi. Ruotano intorno alla Stella di Barnard altri sette pianeti, cinque con atmosfera irrespirabile, due senza atmosfera. Li abbiamo tutti colonizzati, compresi sei satelliti, ma con insediamenti di poche decine di uomini, coadiuvati dai soliti sistemi roboinformatici.

Abbiamo inviato altre quattro navi Interstellari in tre destinazioni diverse lontane fra 12 e 26 anni luce. Trasportano complessivamente quasi 40.000 coloni in stato di ibernazione. Nessuna ha ancora superato i 4 anni luce di distanza dalla Terra! Saranno dirottati verso il sistema del Centauro. Occorreranno sette anni per farli arrivare, a quel punto i coloni ibernati verranno svegliati e sapranno della vostra venuta e di ogni cosa che ne è derivata. Inutile far continuare il loro viaggio in ibernazione, a meno che essi stessi non lo desiderino! Il sistema del Centauro, una volta che la popolazione umana locale verrà informata e quando avranno ricevuto tutti i nuovi dati allo studio, è in grado di costruire autonomamente astronavi ultra luce. Per cui i coloni attualmente in viaggio potrebbero essere i passeggeri e l'equipaggio delle astronavi costruite su Centauro! Infine centinaia di moduli robotici stanno solcando il cosmo inviando informazioni di ogni genere!>

I Cervelli compresero che il loro arrivo avrebbe cambiato veramente molte, molte cose!

Quel giorno stesso furono tolti dal "corpo" del robot e vennero estratte le cellule necessarie per la clonazione. In seguito ripresero il corpo robotico, il processo di clonazione sarebbe stato lungo, più di sei mesi!

Passarono quel periodo studiando la storia e la civiltà umana dell'epoca e viaggiando fra Plutone ed i satelliti. Su richiesta di Controllo fecero la supervisione dello smantellamento di Maja. Non fu facile vedere smembrato "il loro corpo"! Furono presi da una grande tristezza, l'ultimo anello che li univa al loro tempo stava scomparendo! Un tempo che non esisteva più! Fecero un lavoro molto meticoloso, alla fine di Maja non restò nulla!

In tutti i loro impegni e spostamenti Vers e Ciruan li accompagnavano continuamente, un giorno Vers gli disse:

<Controllo ci ha suggerito uno studio particolare, vorremmo che ci aiutaste.> <Di cosa si tratta?> Domandarono.

<Ormai è assodato che voi siete umani come noi e che venite da un tempo molto lontano del quale abbiamo perso ogni memoria.> Continuò Vers. <Ma restano due dubbi: il primo è legato al fattore tempo, alla teoria della relatività che contrae il tempo in relazione allo spazio ed alla velocità. Controllo non ha trovato vie d'uscita, vorremmo discuterne con voi!>

<Ok!> Risposero <e il secondo dubbio?>

<Siamo certi che voi venite non da un tempo lontano, ma piuttosto da uno spazio alieno al nostro? Un'altra dimensione o un altro universo?>

Restarono un momento in silenzio poi: <Anche noi abbiamo avuto questo dubbio, crediamo di no, ma non possiamo affatto escluderlo, ok, proviamo a studiare questi problemi insieme! Se non altro servirà a passare il tempo in attesa di riavere i nostri corpi di carne e sangue!>

Furono utilizzate tutte le tecniche e le tecnologie di quel tempo straordinario. Controllo non lesinò alcun mezzo, qualsiasi cosa venisse in mente era subito pronta! Stranamente, però, Controllo non interagì mai con loro, o era troppo occupato in altre cose o, più probabilmente, era arrivato a qualche conclusione ma preferiva lasciare libera la loro inventiva e intuizione umana. Non ci furono miracoli! Durante la loro esperienza erano accadute molte cose, sapevano che il nostro non era l'unico universo, non potevano escludere completamente di aver in qualche modo "ceduto" e di essere penetrati in un altro universo, ma **sapevano di non averlo fatto**!

Diversa la questione temporale. Non avevano minimamente recepito uno sbalzo temporale così importante. Anche la sofisticatissima (per il tempo in cui era stata costruita) strumentazione di Maja non era stata di alcun aiuto. I progressi fatti in 70.000 anni potevano affinare quella strumentazione e inserire nei cervelli che comandavano le future navi ultra luce una specie di segnale d'allarme sia per il fattore tempo sia in relazione al rischio di piombare in un altro universo. Più di così non si poteva fare!

Poi... arrivò il gran giorno: sarebbero tornati umani!

In realtà lo erano sempre stati, non si erano mai sentiti qualcosa di diverso, ma avrebbero riavuto il loro antico corpo di carne e sangue. Erano abbastanza eccitati all'idea ma... non sarebbero più stati una sola cosa! Non avrebbero più condiviso le loro esperienze, i loro sentimenti, i loro pensieri. Arvin non sarebbe più stato Jennifer, Jennifer non sarebbe più stata Arun, Anna non sarebbe più stata Arvin!

Compresero che in realtà stavano per perdere molto! Il giorno prima dell'"incorporazione" fecero l'amore come non mai, volevano restare una sola cosa il più a lungo possibile prima della divisione; quella pensata l'avrebbero pagata molto cara!

Anche Controllo lo sapeva, per cui aveva riunito su Plutone i migliori psicologi dell'umanità e, in particolare, aveva convocato Sunset!

Questi era un personaggio curioso, piuttosto ribelle e rognoso. Nato quasi 400 anni prima viveva da solo su un asteroide fra Marte e Giove, una specie di eremita.

Aveva un'età fisica di sessant'anni, (i cervelli avevano mediamente circa dieci anni di meno) e un carattere niente facile.

La convocazione di Controllo non lo trovò impreparato, alla richiesta di collaborare con i Cervelli rispose:

<Cosa cavolo aspettavi? Andiamo fammi arrivare su Plutone, ci penso io vecchio ammasso di circuiti e di latta!>

In realtà la latta non esisteva più e nessuno la usava ma Sunset era uno studioso dei pochi reperti preistorici ancora esistenti e sapeva bene cosa fosse la latta!

Il robot con i quattro cervelli venne convocato nella grande sala gremita di apparecchiature, altri robot e persone dove sarebbero stati "incorporati" nei cloni già predisposti.

<Questi è Sunset> esordì Controllo <D'ora in avanti sarà la vostra guida!> <Ma Vers e Ciruan?> Chiesero i Cervelli.

<Da questo momento saranno occupati in un altro programma, non preoccupatevi Sunset, in questo momento e anche in seguito, è la persona più adatta per voi!>

<Bene, salve Sunset.> Salutarono i Cervelli.

<Salve ragazzi.> Rispose un po bruscamente, <Seguitemi!>

Li portò davanti ad alcune grosse vasche, all'interno.... c'erano loro!

<Questi sono i vostri cloni> Disse Sunset <qui fra poco verrete integrati, avrete un periodo di forte disorientamento, vi consiglio di prendervela calma, io sarò vicino a voi per consigliarvi e spronarvi, se necessario, vorrei dirvi di starvene tranquilli ma sarebbe una castroneria. I vostri cloni sono perfettamente sani e dell'età che avevate quando siete stati disiscorporati la prima volta, non è possibile ringiovanirli i vostri DNA cerebrali li "ricordano" così, quindi accontentatevi!>

Controllo aveva spiegato che le loro cellule cerebrali non erano uguali a quelle dell'umanità di quel tempo. Millenni di studi e di interventi sul DNA umano, avevano permesso di arrivare ad allungare la vita almeno di otto volte. Il loro DNA era "arcaico", quindi anche con la clonazione e le nuove tecniche avanzatissime, avrebbero vissuto "normalmente" la loro vita e sarebbero invecchiati come nel loro tempo originale.

I cloni non avevano peli, ne capelli, erroneamente i Cervelli pensarono che fosse una caratteristica ereditata dalla mutazione umana attuale, ma Sunset spiegò loro che sarebbero stati come erano un tempo, semplicemente i peli ed i capelli sarebbero cresciuti una volta tolti i cloni dalle loro vasche e Sunset dimostrò molta curiosità per questo fenomeno, sembrava sin troppo entusiasta all'idea di veder crescere dei peli sul corpo di quei poveri umani "arcaici".

In quattro e quattr'otto li tolsero dal loro "corpo robotico". Per un attimo furono tentati di gridare:

"fermatevi"! Ma resistettero!

Gli inservienti fecero qualcosa e persero i sensi...

# 17

*(noi oggi)*

*Dopo... millenni, o forse mezz'ora mi svegliai. Dov'ero? Dov'erano i miei compagni... ero solo, maledizione ero solo!!!*

*Abituarsi a questo nuovo, anzi antico, stato fu più difficile delle disiscorporazioni cui eravamo stati oggetto già tante volte!*

*Camminare, guardare, toccare... eravamo come neonati, bambini... camminavamo a quattro zampe, piangevamo come bambini, dov'erano gli altri! Nella mia testa non c'era nessuno!*

*Dov'erano!*

*Sunset dimostrò una pazienza eccezionale, non ho mai capito come un personaggio del genere non pensasse di disfarsi di noi con una buona fucilata, o forse a quel tempo era meglio il veleno?*

*In seguito mi confidò che effettivamente l'aveva pensato, ma non soltanto una volta, spesso...*

*L'aveva fermato solo quel fenomeno curioso che lo interessava tanto: la crescita dei peli e dei capelli!*

*Ci diedero i loro "vestiti": quattro sai colorati ed un paio di stivaletti a testa, niente calze, gli stivaletti di per sé non ne avevano bisogno. Chiedemmo tutti e quattro delle cinture, ci sembrava più congruo. Inutile domandare mutande o reggiseni, non sapevano neppure cos'erano!*

*Ci si abitua a tutto, anche ad essere degli uomini di carne e sangue!*

<Arvin come ti senti?> Mi chiese un giorno Arun.

<Da schifo, mi sembra di essere handicappato e faccio ancora fatica a ricordarmi di mettere una tuta di protezione per andare nello spazio esterno!> <E' vero! Dobbiamo stare attenti a non dimenticarci che non siamo più onnipotenti, guarda sono pieno di lividi e Anna ieri per poco non si è amputata una mano, si era dimenticata che un braccio di carne non può tagliare il metallo ma più facilmente è il contrario!... Ma tutto ciò è bene, rischiavamo di scordare quello che siamo, meglio "tornare sul terreno" eravamo arrivati troppo alti! Siamo uomini Arvin! Uomini come tutti gli altri, né migliori, né, spero, peggiori. Abbiamo fatto bene a ricordarcelo!>

Niente poteva cambiare Arun!

Stranamente la prima cosa che ci venne in mente fu... fare l'amore!

Fare l'amore quando eravamo collegati fra di noi, era un'altra cosa! Ma tant'è occorre accontentarsi! Vi era un solo vantaggio, avremmo potuto "provare" questi strani esseri del nostro futuro.

Come sempre la più assatanata era Jennifer che, appena fu possibile, "aggredì" sessualmente la prima persona che le capitò a tiro, cioè il povero Sunset!

Questi, (in un'epoca in cui il cambiamento di sesso era la norma e non vi erano né tabù né restrizioni sessuali, anzi!) era decisamente un personaggio piuttosto anomalo! Non aveva mai cambiato sesso, in tutta la sua vita era rimasto maschio! Non solo, era etero!

Prima della disiscorporazione anch'io ed Arun eravamo decisamente etero, a differenza delle nostre due compagne, specialmente Jennifer che non disdegnava affatto il suo stesso sesso!

Ma una volta integrati fra loro i nostri cervelli diventammo un tutt'uno anche nel fare l'amore e non ci dispiaceva affatto!

Per Sunset le cose erano ben diverse e le avance che facemmo io ed Arun lo inorridirono, quindi lo lasciammo in pace. Non disdegnava affatto, invece, le performance di Anna e Jennifer!

La libertà sessuale di questa società ci fece molto comodo e ne approfittammo allegramente!

A volte appariva strano far l'amore con uomini e donne senza capelli né pelame di alcun tipo, ma avevano un'energia sorprendente e ci diedero molta soddisfazione. Credo che per loro fosse qualcosa di perverso amare persone del lontano passato, un po come se noi facessimo l'amore con uomini di Neanderthal!

Ma, da parte nostra, trovavamo vera soddisfazione solo quando facevamo l'amore fra di noi. Ci conoscevamo troppo bene e nessuno poteva darci il piacere che noi stessi ci davamo!

Un'altra cosa che feci fu una visita al bar! Cavolo la birra ghiacciata c'era ancora ed era ottima!

I miei compagni non disdegnarono di provare drink e bevande di ogni genere, il tutto sotto l'occhio curioso del personale della base che, appena andavamo in qualche luogo pubblico, veniva in massa ad incontrarci!

Sunset era un ottimo compagno, anche se un po burbero, ed era attento che non ci capitassero problemi ma la questione del bar coinvolgeva anche lui. Il risultato erano sbornie collettive che mettevano in imbarazzo il sistema robotico locale (non Controllo che in queste situazioni badava bene a starsene da parte!).

Mangiare! Un'altra novità! Provammo di tutto e, stranamente, anche Jennifer, nonostante fosse abituata ai cibi insipidi della Luna, non resistette davanti agli strani manicaretti dell'epoca.

Qualcosa di buono nel riavere un corpo umano c'era!

Io ero l'unico del nostro gruppetto che non disdegnava fumare una sigaretta. Già nella nostra epoca i fumatori erano piuttosto rari e considerati come dei selvaggi un po ritardati. Beh! Io ero sempre stato un selvaggio ritardato! La questione, però, si era complicata quando fui aggregato al nostro gruppo, nessuno fumava e non ne volevano proprio sapere, per cui ogni volta che desideravo una sigaretta dovevo imboscarmi in luoghi appartati e lontani dai miei compagni. Poi l'addestramento sempre più pressante rese quei momenti ancora più rari. Ovviamente, una volta disiscorporato, non se ne parlò più! Nella nuova epoca dove eravamo piombati, se chiedevo una sigaretta nessuno sapeva di cosa stavo parlando ed i miei perversi "amici" si guardarono bene dall'aiutarmi. Ma insistetti parecchio e il solito Sunset, anche lui un po "selvaggio" finì per arrivare a capire qualcosa. Riuscì, infine, a farmi sintetizzare una specie di sigaretta! Più che tabacco sembrava una specie di marijuana solo che aveva l'effetto contrario e faceva passare la voglia di fumare almeno per tre o quattro giorni!

La questione dei peli ebbe un effetto collaterale che rese felice l'amico Sunset: la barba! Io ed Arun ci ritrovammo presto a dover combattere con questo fastidio. Non fu facile far capire che ci occorreva un rasoio! Sunset pensava che fosse naturale che la crescita dei peli avvenisse in modo del tutto selvaggio. Restava anche il problema inerente la crescita dei capelli, ad un certo punto occorreva tagliarli! Quando Sunset comprese appieno le nostre esigenze lo rendemmo felice! Studiò con attenzione il problema ed alla fine "insegnò" ai sottosistemi il lavoro del barbiere e dei migliori coiffeur!Presto, sempre accompagnati da Sunset, lasciammo Plutone. Provavamo un po di tristezza a farlo ma eravamo eccitati all'idea di visitare il sistema solare dell'anno 73.000 d.C.!

Sunset ci aveva messo a disposizione una navetta spaziale, almeno lui la chiamava così, in realtà a noi pareva una normale nave interplanetaria con tutti i comfort più lussuosi di un hotel a cinque stelle!

Scoprimmo così che saremmo arrivati sulla Terra in sole tre settimane! Pazzesco, anche per noi abituati a viaggiare per le stelle!

La Terra era più o meno come la ricordavamo! I continenti erano là, abbastanza riconoscibili, così come gli oceani! L'India di Arun, il mio Nord America... tutto come una volta! Solo le calotte polari erano più grandi! In seguito fummo informati da Sunset che i ghiacci si stavano ritirando. Evidentemente vi era stata una nuova era glaciale, ma ora il gelo perenne arrivava "solo" a lambire la vecchia Inghilterra!

Però... le città non esistevano più! La gente viveva in piccoli agglomerati nelle campagne, sui mari, nelle foreste, nei deserti e sulle montagne. Non vi era affollamento!

Le città di quell'epoca venivano costruite su altri mondi, sugli asteroidi, i satelliti e... su Marte!

Sulla Terra niente di più grande di piccoli villaggi piuttosto ariosi!

Vi erano giganteschi spazioporti dove atterravano continuamente migliaia di navette silenziose.

Gli spazioporti, con le loro gigantesche strutture, erano quello di più vicino ad una città che potevamo trovare!

Atterrammo nel più grande, al centro dell'Africa equatoriale. Non eravamo soli! Non sapevamo come avevano fatto ma trovammo milioni di persone che ci stavano aspettando! Avevano tenuto libera la gigantesca area dello spazioporto, ma non bastava, la vicina savana era gremita di gente venuta da tutta la Terra solo per incontrarci!

L'effetto non fu molto dissimile da quello che avveniva nella vecchia America quando si voleva onorare qualche eroe! Ne uscimmo a stento e... completamente gasati!

Pensai ad Arun quando mi diceva "così torneremo con i piedi per terra!" Illuso!

Non c'erano negozi, boutique o altro, ma scoprimmo che bastava domandare e, attraverso i loro curiosi monitor, si poteva scegliere qualunque cosa che veniva recapitata direttamente in casa dai robot di servizio!

Niente denaro, non esisteva! Molto, molto comodo!

Per spostarsi c'erano piccoli mezzi aerei robotizzati perfettamente silenziosi che usavano un motore per noi assolutamente misterioso simile a quello delle navette spaziali. Girammo in lungo e in largo, dai geli dei poli alle isole dei mari del sud. Arun insistette per andare in India, ma probabilmente restò deluso, i vecchi templi Indù e la filosofia orientale erano scomparsi!

Da parte mia una visitina là dove una volta era Dallas, finii col farla e notai, con molta soddisfazione che Dallas non esisteva più!

Lasciammo la Terra, con grande sollievo di Jennifer che non l'aveva mai sopportata molto, visitammo tutto il sistema: la Luna, innanzitutto, che era diventata un'immensa città per lo più abitata da robot, Mercurio, Venere, dove una colonia umana sopravviveva lottando quotidianamente contro un pianeta assolutamente ostile! Andammo su Marte, era diventato il giardino del Sistema Solare, incredibile, non era più rosso ma verde, vi erano città ma la maggior parte del pianeta era un'immensa foresta! Gli asteroidi e la casa di Sunset. Giove, inquietante e straordinario. Ritrovammo con grande emozione Saturno! Giungemmo fino al lontano Nettuno, anche là trovammo insediamenti di questa strana umanità un poco statica e un poco avventurosa nello stesso tempo.

Poi...Eravamo annoiati. L'esperienza che ci aveva accomunato era stata troppo grande, anche le meraviglie che avevamo visto, non bastavano più. Avevamo nostalgia di quello che eravamo, di Maja, delle stelle! Ricordavamo la proposta di Controllo, occorreva solo aspettare, ma dove? Ne parlammo con Sunset che ci propose Marte. Ci stabilimmo là e Sunset, evidentemente stufo di noi, ci salutò. Eravamo soli, passammo il nostro tempo a guardare i notiziari, coltivare (con le nostre mani, senza robot fra i piedi!) il nostro orto ed il giardino, fare l'amore e studiare. Coadiuvati da un sottosistema portammo a compimento una vasta descrizione storica, anzi "preistorica", relazionando tutto quello che ricordavamo del nostro tempo e della nostra storia come la conoscevamo. Fu un vero bestseller! Sempre attraverso il sottosistema molti ci chiesero surplus di *informazioni sui "bambini" e sullo "sport", a quel tempo non nascevano più bambini e lo sport era sconosciuto. Facemmo del nostro meglio per spiegare cos'era una famiglia, cos'erano i bambini e a cosa servivano le "attività sportive". Non ho mai ben compreso se eravamo riusciti o meno e quali conseguenze poteva avere la nostra descrizione sulla società attuale, nel complesso credo non abbia avuto nessuna vera conseguenza, solo curiosità!Spesso "andavamo in città", Marte era veramente bello ed invitante, la gente ci riconosceva e non disdegnava di "provarci" nei loro letti.*

*La notte, guardavamo le stelle:*

*<Arvin,> mi disse Jennifer una sera, tenendomi la mano <credi che lassù ci sia Devi?>*

*Non so perché le era venuta in mente quella piccola ed energica signora. <Si!> Risposi e, con meraviglia seppi che ne ero veramente sicuro!*

*<E' là e... credo ci stia aspettando!>*

## 18

*(quando?)*

Nell'istante stesso in cui Maja raggiunse il "quorum" tachionico necessario e superò la velocità della luce: noi morimmo!

La sensazione di morte era chiarissima! Non avevamo più corpo, né una vera coscienza.

Solo una labile, tenuissima sensazione di esistere: era come una droga! La testa, se di testa si poteva parlare, perdeva coscienza, avevamo la sensazione di cadere, cadere, cadere... intorno a noi scorreva un universo buio e luminoso insieme. La nave non esisteva più, solo quella sensazione di esistere che pareva dovesse sparire da un momento all'altro. Stavamo annegando senza soffrire, ma non ci dispiaceva affatto! Non avevamo paura!

Avevamo perso coscienza dell'astronave ma percepivamo un fastidio strano. I tachioni viaggiavano a velocità superiore alla luce, ma erano come imbrigliati da un'energia che scorreva ancora tra di loro. Sentivamo i tachioni come un curioso solletico mentale e, istintivamente, togliemmo l'energia! I tachioni si sentirono liberi, non c'erano più legami e... fummo come Dio!

Eravamo in ogni luogo dell'universo e nello stesso istante. Il senso di disorientamento era fortissimo!

Ma c'era un limite! capivamo che c'era un limite al nostro universo! Non è facile recepire come un universo possa essere contemporaneamente infinito e limitato, ma era proprio così! In quello stato di morte lo comprendevamo perfettamente! Non ci era data la possibilità di superare quel limite! Ma lo desideravamo, ci sbattemmo contro, qualcosa ci impediva di andare oltre! Era una sensazione fisica! Trovammo un varco e... venne la paura! Da qualche parte in fondo al nostro labile essere qualcosa sembrò ricordarci chi eravamo e, insieme a questo ricordo, venne la paura!

Non ce ne rendevamo conto coscientemente ma sentivamo che una volta superato quel limite sarebbe stato molto difficile, forse impossibile, ritrovare la strada del ritorno!

Non c'era nessuno o, più probabilmente, non avevamo la sensibilità e la preparazione necessaria per trovare qualcuno. Ma i morti sicuramente non c'erano, non erano là. Non potevamo ritrovare i fondatori dell'**Agenzia**, ma erano poi morti? I morti dovevano trovare il varco, lo comprendemmo benissimo, quel varco oltre l'universo che avevamo intuito in precedenza e, chissà, forse ci saranno altri universi e altri varchi... Dio non era poi così semplice da comprendere!!!!

Morire era diventare Dio, per mantenere la nostra coscienza dovevamo restare ad un livello più basso, non potevamo diventare Dei, dovevamo continuamente rallentare! Tutto era Dio, noi, la nave, le stelle, l'universo, gli altri universi che non potevamo raggiungere! I fondatori erano là, bastava saperli riconoscere: eravamo noi, le stelle, le galassie!

Ma Dio "rilanciava" e, in un universo infinito tutto era vero, tutto accadeva, era accaduto e accadrà! Per cui un giorno, in questo o in un altro universo, sulla Terra o su un pianeta che ricordava la Terra o su una stella lontana o in qualcosa che non era una stella ma....

Arriverà un momento... potrà essere fra dieci anni, fra 1000 fra un milione di anni o mille miliardi di anni, non importa, ma... arriverà un momento in cui qualcuno nascerà ancora... Forse sarà un uomo, forse una donna, forse un animale o una pianta o... qualcosa....

Non avrà coscienza di quello che era stato, non avrà memoria o... forse l'avrà.... ma sarà lui, sarà il fondatore o uno di noi, o chiunque abbia superato la soglia della morte! Ma prima di quell'istante egli sarà Dio!

La "voglia" di diventare Dio era irresistibile, fortissima, agiva su di noi come una crisi di astinenza! La nostra labile coscienza non era certo sufficientemente adeguata e preparata per farci comprendere quello stato in cui ci trovavamo, era troppo grande, era troppo, troppo! O ci arrendevamo a Dio e diventavamo una sua parte o saremmo impazziti! Però non si poteva impazzire, potevamo solo arrenderci o... forse! Ci rendemmo conto con una lucidità straordinaria che *non era la prima volta*!!!

Ma eravamo in quattro! Eravamo collegati, sentivamo le stesse cose, ci amavamo con un sentimento fortissimo che ci univa come non mai e bastò una scintilla, un moto di timore, ricordammo la paura... forse ero io, forse gli altri, ma fu sufficiente a farci "rallentare"!

Come in precedenza il nostro istinto aveva tolto l'energia, l'Amore e la paura ci diedero la volontà istintiva di dare energia, così, piano piano, imparammo a rallentare!

Improvvisamente eravamo fermi nello spazio! Con stupore ci rendemmo conto di esserne usciti! Non c'era più moto, la nostra velocità era zero! E.... non avevamo corpo! Fummo presi dal panico! Dov'era l'astronave e noi stessi dov'eravamo, i nostri cervelli, tutti i supporti che li accompagnavano non c'erano più! Eravamo ancora morti?

Avevamo un forte desiderio di normalità! La nostra strana normalità di cervelli incorporati nell'astronave.

Inconsciamente "chiamammo" il nostro corpo e, improvvisamente, fummo circondati dall'astronave, ci aveva raggiunti!

Eravamo stupefatti, niente affatto preparati a questo strano processo.

Dopo un lungo momento di disorientamento ci "guardammo" intorno: le stelle non c'erano più! Tutto intorno a noi solo il nero spazio completamente vuoto!

Cercammo di mantenere la calma, ma non era facile, stavano accadendo troppe cose! Usammo la nostra "vista" straordinaria e comprendemmo: eravamo nello spazio intergalattico!

Ma non bastava, le galassie si comportavano un poco come le stelle e come tutte le manifestazioni del nostro universo, tendevano ad aggregarsi ed avvicinarsi fra di loro quando la velocità relativa non impediva l'azione della forza gravitazionale. Le galassie vicine alla nostra Via Lattea, facevano parte di un "sistema" e così pure la maggioranza di queste isole di stelle.

Dovevamo quindi essere ben lontani dallo spazio conosciuto per non rilevarle "a occhio nudo"!

Usando gli infrarossi e gli ultravioletti scoprimmo di non essere in uno spazio completamente vuoto e, grazie alla vista telescopica, recepimmo lontane luci, evidentemente galassie lontanissime o stelle perdute!

Quel posto non poteva darci niente, ma avremmo potuto ritrovare le nostre stelle, la nostra galassia? O eravamo per sempre perduti nell'universo?

Ripartimmo e morimmo nuovamente. Ma ormai sapevamo cosa sarebbe accaduto e riuscimmo a rallentare più facilmente, non solo, riuscimmo anche a sperimentare un rallentamento "controllato": dalla velocità e massa infinita riuscivamo a scendere ad una velocità e massa in qualche modo misurabile: 1000 volte la velocità della luce, 100 volte, 10 volte: si poteva fare!

Ma restavano sempre due problemi: lo spazio e il tempo! Non riuscivamo a trovare una direzione, quanto al tempo non avevamo nessuna possibilità di controllarlo!

Ci fermammo nuovamente e, ancora, arrivammo prima noi della nave, del nostro "corpo"! Ma cosa cavolo arrivava per primo, sentivamo che eravamo noi, ma noi chi? Cosa? Evidentemente arrivava per prima la nostra coscienza, la nostra flebile anima, il corpo seguiva ma solo se lo "chiamavamo" altrimenti? L'unica risposta possibile che ci venne in mente era che se non avessimo richiamato il nostro "corpo" avremmo finito per diventare come fantasmi! Incredibile! I fantasmi allora esistevano!!!

Questa volta le stelle c'erano ma... non erano stelle, erano galassie! Galassie lontanissime!

Continuammo molte volte le nostre operazioni: si moriva, si rallentava, ci si fermava e si richiamava la nave... ripetutamente fino a quando non riuscimmo ad avere una certa pratica in tutta questa vicenda.

Non vi furono molti progressi, la direzione ed il tempo non erano in alcun modo controllabili, solo acquisimmo una coscienza nuova: avremmo potuto portare la nave, noi ed il nostro "corpo", in un punto determinato dello spazio ma dovevamo esserci già stati!

Provammo più volte a tornare in un punto che avevamo già visitato e riuscimmo senza alcun problema! Vi era anche un effetto collaterale, ma, fortunatamente, positivo: avremmo potuto andare su una stella dove eravamo già stati nello spazio che in quel momento avrebbe occupato non nello spazio dov'era quando l'avevamo visitata!L'universo si muove ad una velocità straordinaria, non sta fermo! Quindi tornare in un posto ben determinato, anche se lo conoscevamo, avrebbe dovuto comportare uno spostamento nello spazio, altrimenti avremmo trovato qualche altra cosa!

Non era poco, solo che, a parte i nostri attuali tentativi,.... c'era una sola stella dove eravamo già stati: il Sole!

Questo voleva dire che potevamo tornare! Ma difficilmente avremmo potuto andare in un posto ben determinato, dovevamo affidarci alla fortuna, entrare in ultra luce, fermarci a caso e sperare di trovare qualche cosa di conosciuto! Era confortante sapere che potevamo tornare a casa, ma era frustrante non avere un luogo dove andare. Non restava che fare prove, molte prove, sperando di trovare una stella riconoscibile! Operammo forzatamente in questo modo, con numerose uscite alla cieca!

Dapprima ci muovemmo a velocità elevata, 1000 volte quella della luce, poi rallentammo a "solo" 20 volte quella velocità.

Infatti eravamo finalmente entrati in una di quelle isole di stelle che chiamavamo galassia. Continuavamo a non riconoscere le stelle che visitavamo ma, almeno, non eravamo in uno spazio vuoto.

Apprendemmo, a nostre spese, il modo di evitare collisioni o di trovarci, come accadde, nel cuore di una stella!

Dopo aver "rallentato" (ormai usavamo questo termine per definire le nostre escursioni nello spazio) ci trovammo in un inferno! Non comprendemmo subito: tutto intorno a noi vi era luce! Eravamo dentro una serie di esplosioni termonucleari, cosa poteva produrre un fenomeno di quella gigantesca portata se non una stella? Non sentivamo nulla, né dolore, né calore o altro. Fortunatamente eravamo in quella fase "discorporata" che precedeva l'arrivo del nostro "corpo". Riuscimmo a frenarci, non chiamammo la nave!

Ma come potevamo uscirne? Non volevamo diventare fantasmi per sempre incatenati dentro una stella! Provammo a muoverci: era possibile! Ci muovevamo come un'ameba apparentemente molto lentamente... piano piano ci trovammo fuori dalla stella! Non bastava, dovevamo allontanarci di più, per fortuna era della classe sole, non troppo grande. Non sappiamo quanto tempo impiegammo ma alla fine valutammo di essere abbastanza lontani e "chiamammo" la nave, il nostro "corpo".

Non eravamo abbastanza lontani, la nostra "pelle" (le paratie esterne della nave) bruciava! Lo sentimmo come una forte scottatura, immediatamente ci spostammo, ma il motore atomico era troppo lento, lo spegnemmo e accendemmo l'acceleratore... occorreva tempo... in fretta, fai in fretta! Ok! i tachioni erano formati...via, via da là!Una volta nuovamente "rallentati" ci trovammo nello spazio interstellare e ci fermammo a lungo a "leccarci le ferite". Ci eravamo presi una bella paura!

Nei nostri rallentamenti trovammo cose meravigliose: nebulose colorate, stelle giganti, nane rosse, enormi stelle munite di anelli come Saturno o circondate da gas illuminati dai mille colori!

L'universo era meraviglioso, non avevamo parole per descriverlo!

Trovammo anche pianeti e lanciammo le nostre sonde e le nostre navette per esplorarli.

Quasi tutti erano inabitabili, con atmosfera velenosa, senza vita!

Durante una di queste esplorazioni accadde un incidente!

Era un bel pianeta, si capiva che difficilmente avrebbe ospitato forme di vita, ricordava molto Marte ma era più grande e più caldo.

Inviammo sul pianeta una navetta. Come ci avevano avvertito ed avevamo già sperimentato, la navetta pareva parte del nostro stesso corpo. Noi eravamo insieme a lei, anzi eravamo lei né più né meno!

C'era una zona con dell'acqua! Atterrammo nei pressi ed inviammo un robot. Era acqua distillata! Non c'era alcuna forma di vita. L'atmosfera, velenosa, del pianeta aveva una pressione al suolo simile a quella terrestre ma il cielo era verde chiaro! Qua e là degli sbuffetti d'un bianco abbagliante, le nuvole locali! Il robot stava tornando alla navetta quando questa sprofondò nel terreno!

Pensammo ad un terremoto ma non era così: il suolo del pianeta era solo apparentemente solido, in realtà, ciclicamente, si "scioglieva" improvvisamente fino ad avere una consistenza quasi gassosa, per poi risolidificarsi con una rapidità straordinaria. E così accadde! Era chiaro perché quel pianeta non poteva ospitare la vita. La nostra povera navetta si trovò a 2000 metri sotto il livello del suolo, stavamo cercando di uscirne in qualche modo quando il suolo si solidificò bloccandola e schiacciandola: il dolore fu fortissimo, insopportabile! Sapevamo già, dopo l'esperienza nel nucleo della stella, che nonostante il corpo metallico potevamo sentire dolore se questo era danneggiato.

Facemmo appena in tempo a ritrarci prima di impazzire dal dolore! La navetta ed il robot erano persi per sempre! Per fortuna ne avevamo altri! Provammo, con molta cautela, ad inserirci ancora nella navetta ed anche nel robot. I sensori, evidentemente, non erano del tutto danneggiati, potevamo farlo ma il dolore tornava ancora fortissimo. A malincuore fummo costretti ad abbandonarli.

Le meraviglie dello spazio ci lasciavano continuamente senza fiato, ma l'emozione che provammo quando trovammo una seconda Terra fu assolutamente straordinaria!

Sembrava, per molti versi, proprio la nostra Terra: terzo pianeta di un sole come il nostro, stessa distanza, stessa, o quasi, inclinazione dell'asse, l'anno era solo un mese più lungo del nostro, aveva due satelliti simili alla Luna ma più piccoli! Dallo spazio era un magnifico gioiello verde-azzurro!

Inviammo una navetta: l'aria era respirabile, non riscontrammo malattie particolarmente virulenti, il cielo limpidissimo di un blu esagerato era solcato da poche nuvole di normale vapore acqueo, era un paradiso!

La vegetazione era rigogliosa, diversa da quella cui eravamo abituati, ma neanche poi tanto! Vi erano animali: alcuni parevano i nostri dinosauri ma a dimensioni decisamente più ridotte! Il loro carattere, però, non era più simpatico: un piccolo sauro, poco più grande di un pechinese, decise, con molta convinzione, di assaggiare il nostro robot! Occorre ricordare che le navette ed i robot erano molto piccoli. Non dovendo portare esseri umani in carne ed ossa ed essendo solo mezzi esplorativi erano limitati all'indispensabile; per cui il robot non era più grande del pechinese alieno! Era comunque fatto di metallo durissimo e ben resistente per cui il nostro amico ci perse qualche dente e lasciò perdere, ma non era troppo convinto, si capiva che guardando il robot pensava: "quell'animale doveva avere un punto debole!"

Esplorammo il pianeta in lungo e in largo, anche gli oceani, pieni di vita, sin nelle profondità. Restammo quasi un anno (dei nostri anni "normali"): non trovammo forme di vita intelligente anche se alcuni animali acquatici (come anche sulla Terra) di evidente origine sauropoda, apparivano piuttosto promettenti.

Nonostante migliaia di misurazioni non riuscimmo a comprendere dove eravamo, ma sapevamo che saremmo stati in grado di tornarci!

Partimmo a malincuore.

Nelle nostre peregrinazioni alla cieca trovammo altri due pianeti abitabili e con forme di vita, ma nessuno era così promettente come quello!

Quando rallentavamo, il più delle volte, ci trovavamo nello spazio interstellare o in zone di scarso interesse. Anche quella volta pareva così! Eravamo finiti non lontano da una nebulosa di polvere che oscurava le stelle, nelle vicinanze non c'erano soli, pareva una delle solite sortite a vuoto quando....

A "soli" cinque milioni di km. da noi c'era qualcosa! Ci avvicinammo lentamente e la "cosa" cominciò ad ingrandirsi: era una base spaziale!!!

Cosa cavolo ci facesse una base spaziale là dove non c'era un accidente di niente era un mistero! I troppi misteri e le sorprese cominciavano a darci la nausea!

Decidemmo di inviare una sonda con un robot, lasciando la nave a prudente distanza! La nostra preoccupazione si rivelò inutile: la base era completamente morta! Vi entrammo con il robot, non c'era aria, evidentemente sfuggita dalle paratie rimaste aperte.

Non c'erano segni di incidenti, la stazione era vuota e le paratie aperte, tutto qui! Sapevamo di essere ben lontani dalla Terra, poiché anche in quella zona non avevamo riconosciuto nessun elemento utile che potesse indicare la nostra posizione, per cui quella era sicuramente una base aliena!

In quell'area le micrometeoriti, a causa della vicina nebulosa di polvere, erano molto numerose, le sentivamo anche noi come delle fastidiose zanzare che ci pungevano in continuazione. Ma noi eravamo vivi! Potevamo usare dei "repellenti" e curare le punture, la base no! Risultava così tutta bucherellata e, all'interno, non vi era praticamente niente!

Evidentemente gli alieni se ne erano andati "traslocando" e portando via tutto ciò che poteva essere utile. Niente di drammatico, avevano fatto le cose per bene e con calma. Non trovammo registrazioni né qualcosa che potesse darci qualche indizio, solo le consolle dove, evidentemente, erano state inserite delle strumentazioni. Fummo in grado di concludere con assoluta certezza che la base era veramente aliena, le consolle potevano essere usate anche da noi, se vi fossero ancora le strumentazioni, ma sarebbero sicuramente state molto più efficienti se, invece delle mani, noi avessimo dei tentacoli!

Nonostante le "zanzare" restammo molto a lungo esplorando la base centimetro per centimetro, ma non trovammo altro. Quale atmosfera avevano respirato? Non si sapeva, però un'atmosfera doveva esserci, altrimenti che senso avevano le paratie? Ma dove fosse immagazzinata o prodotta non si sapeva. Il metallo usato era riconoscibile: una lega di titanio e piombo. Niente di speciale.

Scandagliammo per molto tempo lo spazio circostante ma non vi furono altre sorprese. Abbandonammo la base ma, ora lo sapevamo, non eravamo soli! L'uomo non era solo! Nonostante ben 77 "rallentamenti" non riuscimmo mai a trovare il benché minimo riferimento per capire dove fossimo! Decidemmo quindi, un po frustrati, di rientrare a Plutone. Avevamo comunque tante notizie, novità ed informazioni da tenere occupata l'**Agenzia** per molto, molto tempo. Inoltre potevamo tornare, ritrovare quelle meraviglie che avevamo incontrato, i tre pianeti abitabili, lo spazio intergalattico, i soli circondati da quei giganteschi anelli multicolori che avrebbero potuto contenere tutto il sistema solare! La base aliena... Per farlo avrebbero avuto bisogno di noi, non era finita!

Sapevamo come fare, ma restava sempre un certo timore, e se non avesse funzionato? Funzionò!

Eravamo giunti nello stesso punto da dove eravamo partiti! Almeno così pareva! In realtà ne eravamo molto lontani. Il sistema solare non era stato ad aspettarci nello stesso spazio da dove eravamo partiti, ma aveva sicuramente fatto un lungo viaggio, non ci rendevamo ancora conto di quanto era stato lungo! Ma la nostra strana sensibilità ci aveva portato dove volevamo essere!

Arrivammo prima noi, riconoscemmo immediatamente il luogo e provammo un'intensa emozione! Avevamo superato i limiti della luce e della morte, eravamo tornati a casa! "Chiamammo" l'Astronave che si materializzò intorno a noi, ed, a velocità ridotta, iniziammo ad avvicinarci al pianeta, ora eravamo veramente tornati!

Era predisposto un messaggio computerizzato registrato, iniziammo ad inviarlo... Nessuno rispondeva. Cosa stava accadendo?: "Ragazzi siamo tornati!!!"

Comunicammo via radio, ma inutilmente!

Poi... strani messaggi criptati, forse qualcosa che aveva predisposto l'**Agenzia** e del quale non eravamo stati messi a conoscenza?

Poteva essere qualcosa di pericoloso? Cosa stava succedendo? Preoccupati decidemmo di interrompere le comunicazioni, si erano già avvicinate a noi strane piccole navicelle, assolutamente sconosciute, era chiaro che sapevano che eravamo là, ma chi erano?

Ci stabilizzammo in un'orbita larga intorno a Plutone.

Si accostarono altre sonde, presto ci trovarono! Davanti a noi vennero strani personaggi, non capivamo se erano umani, alieni o macchine. Cercammo di comunicare con loro ma era inutile! Si fermarono un poco evidentemente per studiarci, poi ci disiscorporarono dalla nave!

Sapevamo che sarebbe accaduto, ma non pensavamo così presto! Ci sentimmo sperduti, una grande confusione, eravamo nudi! Volevamo gridare! Eravamo spaventati. Occorse parecchio tempo per recuperare il nostro equilibrio, Maja, il nostro corpo, non c'era più.

Piano piano ritornammo in noi, sentivamo la mancanza di Maja come un fatto fisico, insopportabile, ma cominciavamo a orientarci. Dove eravamo? Cosa succedeva? Aiutateci!!!

Poi, finalmente, riuscimmo a calmarci e......

*Non li capivamo.*

*Parlavano un linguaggio incomprensibile. Non erano molto diversi da noi. Da noi... noi come eravamo, non come siamo...Noi come ricordavamo di essere...*

*Niente capelli, probabilmente glabri, strani vestiti nascondevano i loro corpi come un saio di plastica colorata ma, per il resto, ci assomigliavano.*

*Ci trovavamo in una stanza, anch'essa di plastica, almeno così sembrava. Un letto, senza lenzuola, un armadio, un tavolo con delle poltroncine intorno. Tutto rigorosamente di "plastica colorata".*

*Niente bagno, ma non sentivamo alcun bisogno di lavarci né di defecare.*

*La luce arrivava dalle pareti di "plastica" e sembrava si autoregolasse.*

*Strana gente continuava a entrare e uscire da una specie di porta a soffietto, niente finestre.*

*La stanza era molto grande, accostati ad una parete strani macchinari, alcuni assomigliavano a computer ma senza tastiere e con curiosi monitor che apparivano come dei grossi televisori senza schermo e vuoti all'interno.*

*Parlavano tra di loro ma l'idioma non assomigliava a nessuna lingua che avessimo anche soltanto potuto immaginare.*

*Ricordavamo di essere arrivati, poi... più nulla ed ora...*

*Dove diavolo eravamo?*

*(domani)*

Tutto era compiuto, il destino o, forse, Dio, ci avevano portato a quell'istante! La nostra essenza, il nostro essere di 70.000 anni prima si era scontrato con il nostro essere di oggi, con Ciruan, con Controllo, con l'umanità di questo strano tempo, come se tutti fossimo in viaggio verso tutti, in una **rotta di collisione** che ci aveva fatto incontrare al momento giusto! Un rendevous, un appuntamento al di là del tempo e dello spazio che, tutti quanti noi sentivamo intimamente. Sembrava predisposto da una forza irresistibile, da qualcosa di infinitamente superiore!

Si stava preparando la prima nave interstellare, era molto diversa dalla nostra "povera" e antiquata Maja. Ma anche lei sarebbe arrivata alle stelle, oltre la morte!

Controllo ci teneva informati sui vari progressi e così fummo messi a conoscenza del fatto che uno dei principali progettisti era Sunset!

<Sunset, non potevate saperlo, è la più brillante mente del genere umano, uno scienziato di prim'ordine. Un sognatore, teorico ma anche molto pratico, con un carattere decisionale straordinario! In tutto il tempo che è stato insieme a voi, vi ha studiato con estrema attenzione e voi, inconsciamente, lo avete aiutato a estrapolare importanti e nuove idee che successivamente ha suggerito di inserire nella nuova astronave stellare! Se esistessero ancora i governi Sunset sarebbe sicuramente il nostro Presidente! I più importanti ed innovativi sistemi inseriti nell'astronave sono di Sunset! Non solo, ha estrapolato tutta una concezione della fisica spaziale progressista sulla base della vostra scoperta inerente un universo infinito ma limitato. Niente di realmente nuovo ma mai provato sino ad ora. Ha cambiato l'approccio scientifico! Da sempre la scienza si è chiesta "come" avvengono i fenomeni, grazie a Sunset si è sviluppato un pensiero scientifico che si chiede "perché" avvengono determinati fenomeni! E' una rivoluzione scientifica e di pensiero senza precedenti! > Ci fece sapere Controllo.

Sunset, quel personaggio un po burbero al quale non avevamo dato poi molta importanza! Eravamo veramente meravigliati!

Un giorno Anna espresse un pensiero che aleggiava nell'aria:

<Non vi sembra strano che un tipo come Sunset si occupasse della progettazione della nave stellare? E.... se fosse.... se fosse un lontano discendente dei fondatori?>

Il suo carattere lo faceva pensare, brusco, deciso e... assolutamente fuori dagli schemi dell'attuale società umana! Né Sunset né noi potevamo saperlo ma... forse....

Nell'astronave ultra luce non vi sarebbero stati solo quattro pazzi, come era accaduto a noi, ma bensì 150.000 coloni! L'avrebbero, però, comandata ancora solo in quattro: Ciruan, Vers e quel colono che un giorno avevamo incontrato su Caronte di ritorno dal suo pianeta condannato: Yesi, insieme ad un'altra spaziale che non conoscevamo.

Avrebbero cercato un pianeta simile alla Terra per stabilirsi là forse definitivamente. I quattro "comandanti" però, avevano intenzione di tornare e forse l'avrebbero fatto. Un pianeta era troppo poco per loro!

Controllo taceva, stava preparando qualcosa di nuovo anche rispetto alla nostra esperienza e, probabilmente, lui stesso e noi, se accettavamo l'integrazione che ci aveva proposto, eravamo una parte fondamentale del nuovo sistema di viaggio ultra luce. Sopratutto pareva che la nostra funzione fosse quella di "integrare" fra di loro le migliaia di coloni e permettere al comando di agire in libertà; il tutto senza che nessuno impazzisca! Per evitare la pazzia occorrevano dei pazzi!

Alla fin fine il tempo necessario per varare la prima nave fu di quindici anni complessivi! Quindici di quegli strani "anni galattici" il cui computo non ci fu mai molto chiaro! Quindi vent'anni per noi... cominciavamo a sentirci vecchi....

Non c'era più l'antica abitudine di dare un nome alle navi spaziali, ora venivano indicate solo con delle sigle. Era arrivato il momento di far tornare una vecchia e obsoleta usanza!

<Controllo!> Chiamammo.

<Ditemi> rispose prontamente.

<Abbiamo una richiesta... Vorremmo che la prima nave interstellare ultra luce avesse un nome, non una semplice sigla, e così anche tutte quelle che seguiranno!>

<Capisco... ma non sarà la prima nave ultra luce, la prima è la vostra: Maja! Non comprendo questa vostra tendenza emotiva, ma la rispetto. Come volete chiamarla?>

<**Devi**! Rispondemmo all'unisono.>

Eravamo su Marte da troppo tempo, nel complesso ci trovavamo bene anche se la notorietà che ci accompagnava cominciava ad annoiarci, ovunque venivamo riconosciuti, sembrava di essere dei divi del cinema!

Era notte, stavamo dormendo, quando una voce nota si rifece sentire dalle pareti.

<Salve amici, come state?> Disse Controllo svegliandoci.

<E' passato tanto tempo Controllo, che novità?> Chiese Jennifer.

<Ho avuto il responso: l'84% dell'umanità si è dichiarata d'accordo ad assemblarvi insieme a me!>

<E il restante 16%?> Domandai.

<Il 15,8% non si è espresso, lo 0,2% ha dato un responso negativo. Ma il dato straordinario è quel 84,2% che ha dato un responso, l'umanità non ha mai mostrato un così grande interesse per il suo stesso destino!>

<Allora dovremo lasciare ancora i nostri corpi ed assemblarci con te?> Chiese Anna.

<Si, se lo volete.> rispose Controllo <la decisione è vostra, soltanto vostra!>

<Ci sono alcune cose che non ho ben compreso Controllo.> Esordì Arun.

<Tu sei il sistema informatico regolatore di tutti i sottosistemi che interagiscono con la società umana permettendole di vivere e progredire. Una volta inserito nell'astronave, come potrai continuare in questo impegno? Inoltre, se ho ben compreso, nostro e tuo compito sarà quello di amalgamare fra di loro tutti i cervelli dei coloni trasportati dall'astronave e impedire che possano "perdersi" o rimanere sconvolti dall'esperienza che li attende. Nel contempo altre astronavi simili vengono costruite ed assemblate in questo momento. Anche loro avranno necessità di avere un sistema analogo per evitare che i cervelli dei coloni impazziscano o si disperdano; ma se è la nostra e la tua esperienza la soluzione per evitare disastri, come potranno queste nuove navi interagire con i coloni?>

<Il nostro compito non sarà solo quello che hai descritto.> Rispose prontamente Controllo.

<Ma dovremo anche studiare meglio tutte le implicazioni inerenti lo stato di morte, ricercare, quando saremo in quello stato, e studiare l'universo che ci circonda, fungere da

collegamento fra i coloni e i quattro "comandanti" della nave, grazie alla vostra esperienza precedente potremo ritrovare i pianeti tipo Terra che avete visitato, etc. etc...>

Dopo una pausa continuò: <Come vedi Arun i nostri compiti saranno poliedrici e molto complessi, grazie al progresso ottenuto nei 70.000 anni che ci separano dalla vostra epoca, vi saranno nuove e sicuramente sorprendenti implicazioni nell'avventura che ci attende. Anche il mio stato particolare sarà utilissimo per studiare e comprendere meglio ciò che ci circonderà. Io sono poco più di una macchina, ma forse proprio questo, unito alla vostra umanità, potrà aprirci nuovi orizzonti, e poi....> Tacque un momento quindi: < Mi chiedi come farà la società umana senza di me. Di fatto io continuerò a interagire e collegarmi a tutti i sottosistemi della società, che implicazioni ci saranno in questo fatto, non sappiamo esattamente ma siamo certi che saranno sorprendenti.>

<Sappiamo?...> Interruppe Arun.

<Si! Sappiamo!> Continuò Controllo. <Non penserai che ogni cosa è studiata e verificata solo da me? Sunset e migliaia di altri scienziati e studiosi stanno affrontando questi e altri problemi insieme ai milioni di sottosistemi e da me! Comunque, per rispondere alle tue domande, posso dirti che anche se io continuerò a mantenere i miei collegamenti, ovviamente non potrò farlo a tempo pieno, come ora. Un nuovo sistema si sta integrando insieme a me e mi sostituirà quando partiremo. Potete immaginarlo come una specie di figlio, un nuovo Controllo in tutto e per tutto simile a me e a me collegato. Quanto alle nuove astronavi noi speriamo che la nostra esperienza potrà dare risposte su come fornire anche a loro un sistema analogo. Se queste risposte non giungeranno potremo utilizzare i quattro nuovi "comandanti" e anche il nuovo Controllo, mio figlio se volete, e così via.... Quasi una specie di clonazione fatta all'infinito man mano che l'umanità si spanderà nell'universo. Però Sunset e altri pensano che già il nostro viaggio darà risposte assolutamente inaspettate, c'è molto di misterioso in quello che avete fatto e che è avvenuto, ne sappiamo ancora troppo poco.

Pensiamo che riusciremo a controllare la contrazione temporale, per esempio, ma non sappiamo quali nuovi orizzonti si apriranno davanti a noi con un'astronave ultra luce che, scusate se ve lo dico, è un milione di volte migliore e più avanzata della vostra. La mia proposta è quella di andare insieme ad esplorare l'infinito, conoscere e comprendere la morte e nessuno meglio di voi sa che nell'infinito tutto può accadere, è accaduto e accadrà!>

Io prosaicamente chiesi: <Ma sarà possibile ubriacarsi, fumare, gustare dei cibi, sognare?>

<Ci penserò, non posso garantirti niente riguardo al fumo, ma credo che tutto il resto sia possibile utilizzando meglio i mezzi di sostentamento dei vostri cervelli. Inoltre tornerete giovani! I vostri vecchi corpi, anche se clonati, riportano il DNA originale, state invecchiando!

Pensate potrete vivere per sempre!>

Arun intervenne ancora: <Attento Controllo, sempre è una parola grossa!>

<Hai ragione scusa, con voi occorre misurare bene le parole.>

<Ok Controllo> Tagliò corto Anna <so di poter parlare per tutti! Come possiamo rifiutare? In questo modo viaggeremo ancora per le stelle, oltre la luce, oltre la morte, insieme a te ed ai nostri fratelli che affronteranno questa meravigliosa avventura, sappiamo che non siamo soli, troveremo quegli alieni della piccola base spaziale sperduta nello spazio profondo e, chissà quanti altri! L'universo sarà nostro!>

<E' vero Anna, assembleremo migliaia di astronavi interstellari, la galassia e poi....>

<Sembri tu il sognatore Controllo.> Dissi.

<Sì, voi mi avete cambiato, Ciruan e Vers mi hanno cambiato, loro stanno per partire con i loro compagni, io sarò insieme a loro, anche voi?>

<SI!> Rispondemmo in coro, ma poi la solita Jennifer, come 70.000 anni prima chiese:

<Ma... potremo fare l'amore Controllo?>

Per la prima volta da quando era diventato quello che era, il più importante sistema informatico dell'umanità ebbe un'intuizione! Si rese conto che unendosi ai quattro umani presto sarebbe diventato cosciente e rimase interdetto! Poi... rispose:

<Si! Amici miei potremo fare l'amore e per me sarà una nuova esperienza, **forse la più straordinaria esperienza che io abbia mai vissuto!!! Potremo fare l'amore!!!**>

www.ingramcontent.com/pod-product-compliance
Lightning Source LLC
Chambersburg PA
CBHW080959020726
47505CB00009B/2256